한서 이불과 논어 병풍

이덕무 청언소품

한서 이불과 논어 병풍

정
민

열림원

동방삭은 우스갯말로 한세상을 건너갔고,
굴원은 분노의 탄식을 안으로 삼켜 상강에 빠져 죽었다.
한 사람은 웃었고 한 사람은 울었지만 나는 안다.
동방삭의 그 웃음 뒤에도 눈물이 있었음을.

초판을 펴내고 스무 해 가까운 세월이 지났다. 그사이에도 이덕무는 여전히 내 삶의 둘레에 머물고 있다. 나는 그의 다른 청언소품을 만지작거리고, 그와 박지원, 박제가 등 나이를 잊은 여러 벗들과의 만남 장면들을 아껴 간직해두었다.

연행 당시 그의 발길을 따라 북경 유리창琉璃廠 서점가를 자주 서성거렸고, 그가 그토록 흠모하고 사랑했던 중국 선비 반정균에게 답장을 받고서 눈물을 보이며 기뻐하던 모습을 상상해보곤 했다. 홍대용이 반정균에게 그를 모른다고 쓴 편지를 읽은 이후로 나는 홍대용을 깊이 미워하기까지 했다. 파고다공원 뒤편 그의 집이 있던 한옥 골목길을 지날라치면 250여 년 전 이 골목 어딘가 작은 창에서 새어나왔을 그 불빛을 생각했고, 지리산 계곡에서는 그가 간직하고 싶다던 가사어袈裟魚의 무늬를 생각했다.

오래 절판된 동안, 이 책을 찾는 사람들의 요청이 적지 않았다. 그

러다 이태 전 한국문학번역원의 번역지원목록에 이 책이 오르면서,
금번에 김지영 씨의 솜씨로 영국 Cambridge Scholars 출판사에서
『The Aphorisms of Yi Deok-mu』란 제목의 영문판이 출간되었다.
재출간을 결심하게 된 연유 중 하나다.

　이덕무는 진실하고 맑은 영혼이다. 나는 앞으로도 그의 주변을
오래 더 서성거려야 할 것 같다.

2018년 새봄
행당서실에서 정민 다시 쓰다

몸은 '지금 여기'에 있으면서 마음이 자꾸만 '그때 거기'로 향할 때가 많다. 지금 이곳의 삶은 내게 늘 허전하고 허기를 준다. 옛글과 만날 때 나는 오히려 내면의 충만을 느낀다. 생기를 얻는다.

이 책은 조선 후기의 문인 이덕무(李德懋. 1741~1793)의 청언소품清言小品을 모아 엮은 것이다. 그의 『선귤당농소蟬橘堂濃笑』 전부와 『이목구심서耳目口心書』 일부를 우리말로 옮기고 평설을 보탰다. 이들 글을 읽다가 혼자만 음미하기엔 너무 아깝다는 생각을 했다. 내가 읽어 이렇게 좋으니 다른 사람과도 이 즐거움을 함께 나누는 것이 옳겠다고 여겼다. 그냥 원문의 번역만으로는 전달에 무리가 있겠기에 군말을 덧붙이고 각 편마다 제목을 달았다.

글을 읽다보면 그의 모습이 눈앞에 선하게 떠오른다. 깡마른 체격에 후리후리한 키, 퀭하지만 형형한 눈빛. 얼음이 꽁꽁 어는 추운 방에서 시린 손을 호호 불어가며 한 자 한 자 또박또박 글씨를 써나가던 그의 마음이 그대로 전해진다. 온몸으로 그 시대를 고민했던 이, 폐병과 영양실조로 어머니와 누이를 먼저 보내는 처절한 궁핍 속에서도 제 가는 길에 추호의 의심도 없었던 사람. 세상에 그만큼 생을 열심히 살았던 사람이 있을까? 그가 남긴 글은 아름답고 슬프다.

문화의 단절은 골이 점점 깊어지고, 옛글은 자꾸 고리타분하게만 보인다. 한자만 나오면 고개를 절레절레 흔드는 대학생들에게 나는 한문학을 강의한다. 막막하다. 그렇지만 한자의 숲을 걸어나와 우리말로 옮겨 읽으면 전혀 다른 말씀의 세계가 열린다. 여기에는 인터넷과 같은 정보의 바다 속에서는 결코 찾아볼 수 없는 육성의 말씀, 살아 있는 언어, 지혜의 목소리가 담겨 있다. 그래서 힘이 있다. 읽는 이도 힘이 난다.

단절이 어쩔 수 없는 현실이라면, 끊어진 양 언덕에 다리를 놓아 소통의 숨통을 터주는 것은 이 시대 학자들이 감당해야 할 또 하나의 몫이다. 대부분의 작업은 지하철을 오가며 했다. 그 밖에 내게 주어진 자투리 시간들을 이런 말씀과 더불어 채울 수 있었던 것을 기쁘게 생각한다. 이 가운데는 1년간 대만 정치대학교에서 교환교수로 지내며 늘 혼자 소요하던 목책관광차원의 그 푸르른 차밭과 이따금 코끝에 끼쳐오던 이초異草의 훈향도 스며 있다. 생각만 해도 마음이 설렌다.

2000년 새 봄날 행당동산에서
정 민

차례

선귤당농소 蟬橘堂濃笑

이목구심서 耳目口心書

지리산의 물고기, 이덕무 이야기

세상 사는 일이 하도 심드렁하다보니, 옛사람의 맑은 정신이 뜬 금없이 그리워질 때가 있다. 삶의 속도는 나날이 빨라져, 어떤 새것도 나오는 순간 이미 낡은 것이 되어버린다. 그런데도 내면에는 마치 허기가 든 것처럼 충족되지 않는 허전함이 있다. 정말 마음에 맞는 벗이 하나 있어, 멀리서 생각하는 것만으로도 훈훈해지는 그런 만남이 문득문득 그리울 때가 있다.

만약 한 사람의 지기를 얻게 된다면 나는 마땅히 10년간 뽕나무를 심고, 1년간 누에를 쳐서 손수 오색실로 물을 들이리라. 열흘에 한 빛깔씩 물들인다면, 50일 만에 다섯 가지 빛깔을 이루게 될 것이다. 이를 따뜻한 봄볕에 쬐어 말린 뒤, 어린 아내를 시켜 백번 단련한 금침을 가지고서 내 친구의 얼굴을 수놓게 하여, 귀한 비단으로 장식하고 고옥古玉으로 축을 만들어 아마득히 높은 산과 양양히 흘러가는 강물, 그 사이에다 이를 펼쳐놓고 서로 마주보며 말없이 있다가, 날이 뉘엿해지면 품에 안고서 돌아오리라.

이덕무의 『이목구심서』에 나오는 글이다. 한 사람의 벗을 위해 10년간 뽕나무를 심고, 또 1년을 누에 쳐서 실을 뽑아, 하나하나 정성 들여 오색 물을 들이겠다. 그것을 다시 봄볕에 말려, 아내에게 부탁해 친구의 얼굴을 수놓게 하고는, 저 백아伯牙와 종자기鍾子期가 거문고로 이야기를 주고받던 고산유수高山流水의 가에서 말없이 마주보고 앉았다가 저물녘에야 돌아오겠다고 했다. 아마 그 또한 마음속에 지녀둘 한 사람의 지기를 얻지 못해 애를 태웠던가 싶다.

이덕무! 그를 생각하면 나는 떠오르는 그림이 있다. 후리후리한 큰 키에 비쩍 마른 몸매. 퀭하니 뚫린 그러나 반짝반짝 빛나는 두 눈. 추운 겨울 찬 구들에서 홑이불만 덮고 잠을 자다가 『논어』를 병풍 삼고, 『한서漢書』를 물고기 비늘처럼 잇대어 덮고서야 겨우 얼어 죽기를 면했던 사람.

목멱산 아래 멍청한 사람이 있는데, 어눌하여 말을 잘하지 못하고 성품은 게으르고 졸렬한 데다, 시무時務도 알지 못하고 바둑이나 장기는 더더욱 알지 못하였다. 남들이 이를 욕해도 따지지 않았고, 이를 기려도 뽐내지 않으며, 오로지 책 보는 것만 즐거움으로 여겨 춥거나 덥거나 주리거나 병들거나 전혀 알지 못하였다.

어릴 때부터 21세 나도록 손에서 일찍이 하루도 옛책을 놓은 적이 없었다. 그 방은 몹시 작았지만 동창과 남창과 서창이 있어, 해의 방향에 따라 빛을 받아 글을 읽었다. 지금까지 보지 못했던 책을 보게 되면 문득 기뻐하며 웃었다. 집안 사람들은 그가 웃는 것을 보고 기이한 책을 얻은 줄을 알았다.

두보의 오언율시를 더욱 좋아하여, 끙끙 앓는 것처럼 골똘하여 읊조렸다. 그러다 심오한 뜻을 얻으면 너무 기뻐서 일어나 이리저리 왔다갔다하는데, 그 소리는 마치 갈가마귀가 깍깍대는 것 같았다. 혹 고요히 소리 없이 눈을 동그랗게 뜨고 뚫어지게 바라보기도 하고, 꿈결에서처럼 혼자 중얼거리기도 하였다. 사람들이 그를 가리켜 '간서치看書痴', 즉 책만 읽는 멍청이라고 해도 또한 기쁘게 이를 받아들였다. 아무도 그의 전기를 짓는 이가 없으므로 이에 붓을 떨쳐 그 일을 써서 「간서치전看書痴傳」을 지었다. 그 이름과 성은 적지 않는다.

이 「간서치전」은 이덕무가 젊은 시절의 자기 자신에 대해 적은 실록이다. 아무도 그의 전기를 짓지 않기에 자기가 그 일을 적는다고 했다. 일면의 자조와 일면의 득의가 교차하고 있는 글이다. 그는 풍열로 눈병에 걸려 눈을 뜰 수 없는 중에도 어렵사리 실눈을 뜨고서 책을 읽었던 책벌레였다. 열 손가락이 다 동상에 걸려 손가락 끝이 밤톨만 하게 부어올라 피가 터질 지경 속에서도 책을 빌려달라는 편지를 써 보내던 그였다. 그는 마치 기갈이 들린 사람처럼 책을 읽었다. 가난하여 책 살 돈이 없었기에 늘 남에게서 빌려 보았다. 한 권 책을 얻으면 기뻐 이를 읽고, 또 중요한 부분을 베껴 적었다. 이렇게 읽은 책이 수만 권이었고, 파리 대가리만 한 작은 글씨로 베낀 책만 수백 권이었다.

그는 왜 그토록 책 읽기에 집착했을까? 그는 서얼이었다. 그의 포부와는 관계 없이 그가 할 수 있는 일이란 원천적으로 차단되어 있었다. 책을 많이 읽는다 해서 딱히 써먹을 데가 있는 것도 아니었다. 그렇다고 살아갈 수 있는 방법이 없는 것은 아니었다. 그러나 그것은 애초에 자신의 힘이나 능력 밖의 일이거나, 법을 범하고서야 가능한 부정한 것이었기에 그 처절한 가난과 숙명의 굴레를 천명으로 알고 살았다. 견딜 수 없는 고비도 많았다.

내 집에 좋은 물건이라곤 단지 『맹자』 일곱 편뿐인데, 오랜 굶주림을 견딜 길 없어 2백 전에 팔아 밥을 지어 배불리 먹었소. 희희낙락하며 영재冷齋 유득공柳得恭에게 달려가 크게 뽐내었구려. 영재 유득공의 굶주림도 또한 하마 오래였던지라, 내 말을 듣더니 그 자리에서 『좌씨전』을 팔아서는 남은 돈으로 술을 받아 나를 마시게 하지 뭐요. 이 어찌 맹자가 몸소 밥을 지어 나를 먹여주고, 좌씨가 손수 술을 따라 내게 권하는 것과 무에 다르겠소. 이에 맹자와 좌씨를 한없이 찬송하였더라오. 그렇지만 우리들이 만약 해를 마치도록 이 두 책을 읽기만 했더라면 어찌 일찍이 조금의 굶주림인들 구할 수 있었겠소. 그래서 나는 겨우 알았소. 책 읽어 부귀를 구한다는 것은 모두 요행의 꾀일 뿐이니, 곧장 팔아치워 한번 거나히 취하고 배불리 먹기를 도모하는 것이 박실樸實함이 될 뿐 거짓 꾸미는 것이 아님을 말이오. 아아! 그대의 생각은 어떻소?

이서구(李書九, 1754~1825)에게 보낸 편지다. 굶주림을 견디다 못해 손때에 절은 『맹자』를 잡혀 오랜만에 온 식구들이 굶주린 배를 채웠다. "여보게! 이 사람. 오늘은 맹자가 내게 밥을 지어주네그려." 그길로 친구 집에 달려가 툭 던지는 말이다. 이미 양식 떨어진 지가 여러 날째이던 유득공도 제 아끼던 『좌씨전』을 내다팔아 쌀 사고 남은 돈으로 막걸리를 받아와 친구에게 따라주는 것이다. 무엇이 그리 좋아 희희낙락했던가? 무슨 자랑할 일이라고 친구 집으로 달려갔던가? 또 그 와중에 제 주머니 사정 아랑곳하지 않고 술을 받아와 벗에게 따라주던 유득공의 그 심사도 도무지 나는 헤아릴 길이 없다.

그렇다! 이 더러운 세상에서 책 읽어 부귀를 꿈꾼다는 것은 애초에 허망한 일이 아니었더냐. 차라리 다 팔아치워 밥술이나 배불리 먹는 것이 더 낫지 않으랴! 때로 이런 자조의 심정인들 왜 없었으랴! 그러나 나는 알 수가 있다. 제 손때 묻은 『맹자』가 혹 남의 손에 넘어가지나 않을까 싶어 하루가 멀다 하고 헌책방을 기웃거렸을 그의 모습을 말이다.

그의 어머니는 영양실조 끝에 폐병을 얻어 세상을 떴다. 의원의 처방을 받고도 돈을 마련하지 못해 그 약을 지어드리지 못했다. 어쩌다 어렵게 약을 마련하면 손수 약을 달이며 약탕관에서 부글부글 끓으며 졸아드는 약물 소리를 제 애간장이 녹는 소리로 들었다. 어머니가 그렇게 세상을 뜬 후 그는 무연히 앉아, "지금도 슬픈 생각에 고요히 귀기울이면 어머니의 기침 소리가 은은히 여태도 귀에 들려온다. 황홀하게 사방을 둘러봐도 기침하는 내 어머니의 그림자는 또한 볼 수가 없다. 이에 눈물이 솟구쳐 얼굴을 적신다"고 쓰고 있다.

고생 끝에 하필 가난한 집에 시집간 누이가 역시 영양실조로 폐병이 깊어져 집에 데려와 구완하다가 또 그렇게 세상을 버렸을 때,

그는 피눈물로 누이의 제문을 이렇게 썼다.

6월 3일, 폭우가 쏟아지며 캄캄해졌다. 전날 저녁부터 아침까지 온 식구가 모두 밥을 굶었다. 네가 이를 알고는 기쁘지 않아 상을 찡그리더니, 이 때문에 병이 더 극심해졌다. 아이를 집에 돌려보내자 갑자기 네가 숨을 거두었다. 늙은 어버이는 흐느껴 울며 부자와 형제가 이에 세 번 곡하였다. 천하에 지극히 애통한 소리다. 너는 이제 영원히 잠들었으니 이를 듣는가 듣지 못하는가? (······)

평시에는 남들과 말할 적에 형제가 몇이냐고 물으면 아무개와 아무개 넷이 동기라고 하였더니, 이제부터는 남들이 물으면 넷이라 할 수가 없겠구나. 몸은 나무토막처럼 뻣뻣하여 육골을 긁어내는 것만 같구나. 형은 아우의 죽음을 슬퍼하고, 아우가 형을 묻는 것을 애통해하는도다. 이치가 분명하여 차례가 있어 어길 수 없건만, 네가 태어나고 죽는 것을 보게 되니 나는 원통하고 참담할 뿐이로구나. 너는 비록 편하겠으나 나 죽으면 누가 울어주랴! 어두운 흙구덩이에 차마 어찌 옥 같은 너를 묻으랴? 아, 슬프도다!

눈물 없이는 차마 읽을 수 없는 제문이다. 그러나 나는 이쯤에서 그의 무기력하기만 한 독서가 슬며시 미워진다. 누구를 위한 독서요, 무엇을 위한 독서였던가? 제 어미의 약조차 마련하지 못하고, 제 누이마저 영양실조로 떠나 보내는 그런 독서를 무엇에다 쓴단 말이냐?

정작 그가 벼슬길에 오른 것은 39세 때인 1779년이었다. 정조가 학술 진흥을 내세워 왕권 강화책의 일환으로 세운 규장각에 초대 검서관檢書官으로 임명된 것이다. 여기에는 그의 식견과 사람됨을 아끼던 벗들의 적극적인 추천이 있었다. 검서관의 일이란 규장각의 문서 정리와 자료 조사와 같은 단순 작업이었다. 책을 교정하는 작업도 했다. 하루 5천 자도 넘는 글을 쓰느라 손이 마비될 지경에 이를 만큼 힘든 나날을 보냈다.

그는 유난히 호號에 대한 욕심이 많았다. 젊었을 적에는 '영처嬰處'란 호를 썼다. 어린아이와도 같은 거짓 없는 마음을 썼으되 처녀의 수줍음을 지녀 남에게 보이기 부끄러워서라고 했지만, 그처럼 천진하고 진실된 마음이 담긴 것을 은근히 자랑스럽게 여겼다. 또 매미와 귤의 맑고 깨끗함을 사랑하여 '선귤당蟬橘堂'이란 당호를 썼다. 강호에 살면서 아무 영위함 없이 그저 제 앞을 지나가는 고기만 먹고 사는 신천옹이라고도 불리는 청장青莊의 삶을 부러워하여 제 집의 이름을 '청장관青莊館'이라고 짓기도 했다.

많은 호 못지않게 그가 남긴 방대한 저술은 더더욱 사람을 압도한다. 눈으로 보고 귀로 듣고 입으로 말하고 마음으로 생각한 것을 적었다 하여 지은『이목구심서』는 당시 연암 박지원과 초정 박제가 등이 여러 번 빌려가 자기 글에 수도 없이 인용한 책이다. 그의 해박한 독서와 지적 편력, 사물에 대한 투철한 관심이 한눈에 들여다보인다. 한마디로 경이로움으로 읽는 이를 압도하는 글이다. 또 선비의 바른 몸가짐을 격언투로 적은『사소절士小節』, 고금 명인들의 시화詩話를 수록한『청비록清脾錄』, 중국과 한국의 역사서인『기년아람紀年兒覽』, 일본 풍토지라 할『청령국지蜻蛉國志』등이 모두 그의 손에서 나왔다. 규장각에 있으면서는『국조보감國朝寶鑑』『갱장록羹墻錄』『문원보불文苑黼黻』『대전통편大典通編』의 편찬에 참여하여 한몫을 담당하였다. 이밖에『송사전宋史筌』과『여지지輿地誌』『무예도보통지武藝圖譜通志』등의 관찬서도 모두 그의 꼼꼼한 필치가 배어 있는 책들이다.

정조는 그의 책 읽는 소리를 아껴, 임금 앞이라 자꾸 소리를 낮추는 그에게 자주 음성을 높일 것을 주문하였고, 책 교정 말고 스스로의 저작을 남길 것을 권면하여 그를 감격시켰다. 39세 이후 15년 관직에 있는 동안 정조는 그에게 모두 520여 차례에 걸쳐 하사품을 내렸다. 그가 세상을 뜨자 정조는 국가의 돈으로 그의 문집을 간행케했다. 그리고 그 아들에게는 아버지의 벼슬을 그대로 내렸다. 그러고 보면 그의 독서가 그렇게 무기력한 것만은 아니었다.

오늘에 그가 나를 압도하는 대목은 결코 그의 호한한 독서와 방대한 저작이 아니다. 그 처절한 가난 속에서도 맑은 삶을 살려 애썼던 그의 올곧은 자세가 나는 무섭다. 내가 부러워하는 것은 만년의 별 실속 없는 득의거나, 그 많은 임금의 하사품이 아니다. 아무도 알아주는 이 없고, 알아줄 기약도 없는 막막함 속에서도 제 가는 길을 의심치 않았던 그 믿음이 나는 두렵다. 한편으로 그 갈피갈피에 서려 있을 피눈물나는 고통과 열 손가락이 퉁퉁 붓는 동상과 굶주림, 영양실조 끝에 폐병으로 어머니와 누이를 떠나 보내는 무력감과 자조감이 나는 또 눈물겹다. 그가 지은『송유민보전宋遺民補傳』에는 두준지杜濬之란 이의 시가 실려 있다.

차라리 백 리 걸음 힘들더라도	寧枉百里步
굽은 나무 아래선 쉴 수가 없고	曲木不可息
비록 사흘을 굶을지언정	寧忍三日飢
이름이 삿된 쑥은 먹을 수 없네	邪蒿不可食

그는 이런 시를 읽으며 마음을 다잡았다고 했다. 나는 그의 이런 무모한 인내와 자기 확신이 겁난다.

그의 편지글에 보면 "옛날에는 문을 닫고 앉아 글을 읽어도 천하의 일을 알 수 있었지요"라고 한 구절이 있다. 정작 이해할 수 없는 것은 오늘의 우리들이다. 인터넷 시대에 세계의 정보를 책상 위에서 만나보면서도 오늘의 우리는 천하의 일은커녕 저 자신에 대해서조차 알 수가 없다. 정보의 바다는 오히려 우리를 더 혼란 속에서 허우적거리게 할 뿐이다. 왜 그럴까? 거기에는 '나'는 없고 '정보'만 있기 때문이다. 그러기에 내가 소유한 정보의 양이 늘어갈수록 내면의 공허는 커져만 간다. 주체의 확립이 없는 정보는 혼란만 가중시킬 뿐이다.

그래서 사람들은 조그만 시련 앞에서도 쉽게 스스로를 허문다. 이른바 거품경제 속에서 장밋빛 미래를 꿈꾸다 갑자기 닥친 잿빛 현실 앞에서 그들의 절망은 너무도 빠르고 신속하다. 실용의 이름으로 대학의 지적 토대는 급격히 무너지고, 문화는 말살되고 있다. 취직과 돈벌이와 영어가 삶의 지상 목표로 변한 사회에서 우리는 살고 있다. 젊은이들은 스스로를 '저주받은 세대'라고 되뇌며 우왕좌왕한다. 돈을 벌 수만 있다면, 출세를 할 수만 있다면 지금까지 소중히 여겨온 가치와 자존自尊도 송두리째 던져버릴 태세다. 그렇지만 그런가?

그 처참한 가난과 신분의 질곡 속에서도 신념을 잃지 않았던 옛사람의 그 맹목적인 자기 확신이 나는 부럽다. 독서가 지적 편식이나 편집적 욕망에 머물지 않고 천하를 읽는 경륜으로 이어지던 그 지적 토대를 나는 선망한다. 추호의 의심 없이 제 생의 전 질량을 바쳐 주인되는 삶을 살았던 그 선인들의 내면 풍경이 나는 그립다.

가을날 오건烏巾을 쓰고 흰 겹옷을 입고 녹침필綠沈筆을 흔들면서 해어도海魚圖를 평하는데, 문종이를 바른 창이 화안하더니 흰 국화의 기우숙한 그림자를 만들었다. 묽은 먹을 묻혀 기쁘게 모사하였다. 한 쌍의 큰 나비가 향기를 좇아와서는 꽃 가운데 앉는다. 더듬이가 마치 구리줄 같이 또렷하여 헤일 수가 있었으므로, 꽃 그림에 보태어 그렸다. 또 참새 한 마리가 가지를 잡고 매달리니 더욱 기이하였다. 참새가 놀라 날아갈까봐 급히 베끼고는 쟁그렁 붓을 던지며 말하였다. "일을 잘 마쳤다. 나비를 얻었는데 참새를 또 얻었구나!"

『선귤당농소』에 실려 있는 글이다. 가을날 투명한 햇살이 흰 문종이 위로 부서진다. 그는 붓을 들고서 바다에서 고기가 뛰노는 그림을 구경하고 있었다. 아연 창에 어리는 국화꽃 그림자, 그 위에 나비 한 쌍이 와서 앉고, 참새 한 마리가 줄기에 매달렸다. 그 짧은 순간에 그린 크로키. 이윽고 나비도 날아가고 그림자도 스러져버렸지만, 엷은 먹으로 남은 꽃과 나비와 새의 자국은 지워지지 않고 그와 함께 그 겨울을 났겠구나.

　지리산 속에는 연못이 있는데, 그 위에는 소나무가 죽 늘어서 있어 그 그림자가 언제나 연못에 쌓여 있다. 못에는 물고기가 있는데 무늬가 몹시 아롱져서 마치 스님의 가사와 같으므로, 이름하여 가사어袈裟魚라고 한다. 대개 소나무의 그림자가 변화한 것인데, 잡기가 매우 어렵다. 삶아서 먹으면 능히 병 없이 오래 살 수 있다고 한다.

　지리산 깊은 연못에는 물고기가 살고 있다. 못 위로 허구한 날 비치는 소나무 그림자를 보다가 제 몸의 무늬마저 그 그림자와 같게 만든 물고기가 살고 있다. 사시장철 푸르르고 낙락한 소나무의 기상을 닮아, 삶아 먹으면 병도 없어지고 오래 살 수 있게 해준다는 물고기가 살고 있다. 아! 나도 그 못가에서 살고 싶구나. 그래서 그 무늬를 내 몸에도 지녀두고 싶구나. 날로 가팔라져만 가는 비명 같은 삶의 속도 속에서, 나는 한 번쯤 이런 생각을 하며 생활의 숨결을 골라보았으면 싶은 것이다.

선귤당농소蟬橘堂濃笑

회심의 순간

마음에 맞는 시절에 마음에 맞는 벗과 만나 마음에 맞는 말을 하며 마음에 맞는 시문을 읽으면 이것이야말로 지극한 즐거움이라 하겠다. 그러나 어찌 이다지도 그런 기회가 오기 드물단 말인가? 일생에 무릇 몇 번일 것이다.

値會心時節, 逢會心友生, 作會心言語, 讀會心詩文, 此至樂而何其至稀也. 一生凡幾許番.

회심會心의 순간은 기약해서는 만들어지지 않는다. 하려 한다 해서 되지 않고, 만들려 한대서 만들어지지 않는다. 그 순간은 아무도 기약하지 않은 그때에 예기치 않게 다가온다. 그리하여 긴 날 동안 그때를 그리워하며 살아갈 힘을 충전시켜준다. 또 언젠가 올 회심의 그때를 기다리면서.

눈 오는 밤

세상에 초연한 선생이 있어, 깊은 산속 눈 덮인 집에서 등불을 밝혀두고, 붉은 먹을 갈아 『주역』에 점을 찍는다. 묵은 질화로에선 향연香烟이 모락모락 푸르게 피어올라 허공중에 둥근 채색 공 모양을 만든다. 가만히 한두 시각쯤 바라보다가 오묘한 이치를 깨달아 홀연히 웃음을 터뜨린다. 오른편에 보이는 매화는 일제히 꽃망울을 터뜨리고, 왼편에는 차 끓이는 소리가 솔바람 소리나 노송나무에 듣는 빗방울 소리를 내며 보글보글 넘쳐흐른다.

有超世先生, 萬峯中雪屋燈明, 硏朱點易, 古鑪香烟, 嫋嫋靑立,
空中結綵毬狀. 靜玩一二刻, 悟玅, 忽發笑. 右看梅花, 齊綻蕚,
左聞茶沸響, 作松風檜雨, 澎湃潚湒.

깊은 산속 눈 오는 밤, 초가집 지붕 위론 소담한 눈이 내려서 쌓인다. 등불을 밝혀놓고 밤을 지새우는 사람. 붉은 먹을 갈아서는 읽고 있던 『주역』에 기억하고 싶은 글귀마다 점을 찍는다. 해묵은 화로에선 뭉게뭉게 푸른 연기가 둥글게 피어올랐다간 또 허공으로 자취 없이 사라진다. 아하! 그랬구나. 인생이란 한 오리 연기가 허공 위에 둥글게 솟았다간 흔적도 없이 사라지는 것이로구나. 살아가는 동안 뜬 욕심 부리지 말고, 조촐히 마음 맑혀 살다 가라는 것이로구나.

책 읽던 눈길이 연기 위로 가 멎는 횟수가 자꾸만 잦아진다. 그 곁에선 깨달음의 한 소식을 알아차렸다는 듯이 매화가 일제히 꽃망울을 터뜨리고, 다른 한 켠에선 보글보글 차 끓는 소리가 마치 솔바람 파도 소리, 노송나무 너븐 잎에 뚝뚝 듣는 빗방울 소리처럼 들려온다. 시냇물이 콸콸 넘쳐흐르는 소리인가도 싶다.

유람

　만일 진작에 주렴계周濂溪 선생을 좇아 제월광풍霽月光風 가운데서 노닐며 태극도太極圖를 안고서 고요히 완상함을 얻지 못할진대, 어찌 상자평尙子平을 따라 오방모烏方帽에 홍초의紅蕉衣, 흑서대黑犀帶를 차려 입고 흰 나귀에 올라 앉아 더벅머리 아이로 하여금 육각선六角扇, 수운립垂雲笠, 철여의鐵如意를 등에 지게 하여 오악명산五嶽名山을 유람하지 않겠는가?

　如早不得從周濂溪先生, 遊霽月光風中, 抱太極圖靜玩, 何不隨向子平, 服烏方帽紅蕉衣黑犀帶, 跨白驢, 使髥頭童子, 負六角扇垂雲笠鐵如意, 去遊五嶽名山耶?

　고요히 주렴계 선생의 「태극도」를 펼쳐놓고, 빛나는 바람과 구름을 헤치고 나온 달빛 아래 노닐며 우주의 오묘한 섭리를 헤아려보고 싶다. 만약 그것이 안 된다면, 그 옛날 상자평이 그랬던 것처럼 행장을 다 떨치고 흰 나귀를 타고서 더벅머리 아이 하나를 앞세우고서 명산대천을 두루 유람하며 나의 생을 마치고 싶다. 그러나 티끌 세상에서 이 얼마나 호사스런 소망이란 말인가?

말똥과 여의주

말똥구리는 스스로 말똥을 아껴 여룡驪龍의 여의주를 부러워하지 않는다. 여룡 또한 여의주를 가지고 스스로 뽐내고 교만하여 저 말똥을 비웃지 않는다.

蜣蜋自愛滾丸, 不羨驪龍之如意珠. 驪龍亦不以如意珠, 自矜驕而笑彼蜋丸.

말똥구리에게 여의주는 아무 소용이 없다. 마찬가지로 여룡에게 말똥구리는 전혀 쓸데가 없다. 모든 존재는 꼭 쓰일 곳이 있다. 말똥구리에게는 말똥이 여의주보다 소중하고, 여룡에게는 여의주가 말똥보다 소중하다. 말똥과 여의주는 각자에게 그 의미가 조금도 다르지 않다. 그런데 사람들은 말똥은 더럽다 하고 여의주만 귀하다 한다. 제게 가치로운 것만 최고로 여기고, 그 밖에 것에는 눈도 주지 않는다. 까마귀를 더럽다고 침 뱉고 해오라기는 희니 고결타 한다.

시작과 마무리

　화가가 옷을 걷어붙이고 다리를 쭉 뻗고 앉는 것은 처음 시작하는 마음가짐이고, 포정庖丁이 칼을 잘 간수하여 보관하는 것은 마무리하는 이치이다.

　　畵史之解衣盤礴, 始條理也, 庖丁之善刀以藏, 終條理也.

　예전 송원군宋元君이 화공을 불러 그림을 그리게 했다. 다른 화가들은 의관을 정제하고 자세를 바로잡아 근엄한 표정을 짓고 있는데, 한 화가가 성큼성큼 들어오더니 방에 들어가자 옷을 죄 벗어던지고 다리를 쭉 뻗고 앉는 것이다. 얽매임 없이 툭 터진 마음속에서 예술은 숨을 쉰다. 구도에 얽매이고 색채에 붙잡혀서는 좋은 그림이 나올 수가 없다. 대저 어떤 일을 시작할 때는 이런 활달한 마음가짐이 필요하다.

　소 잡는 포정은 수십 년간 칼 하나만을 가지고 소를 잡았으나 칼날이 조금도 손상되지 않았다. 그는 소의 힘줄과 힘줄 사이, 근육과 근육 사이의 빈틈으로만 칼을 찔렀다. 그는 한 마리 소를 푸주하고서 다시 제 칼을 깨끗이 닦아 칼날이 상했는가를 보고 다음 쓸 때까

지 간수해둔다. 일은 뒷마무리가 성글어서는 안 된다. 그다음 언제
라도 꺼내 쓸 수 있도록 만반의 준비를 갖춰두어야 한다.

집중

    어옹漁翁이 긴 낚싯대로 가느다란 낚싯줄을 잔잔한 수면 위로 던져놓고, 말도 하지 않고 웃지도 않으면서 간들대는 낚싯대와 낚싯줄 사이에 마음을 두고 있노라면 빠른 우레가 산을 쪼개어도 들리질 않고, 아리땁고 어여쁜 여인이 바람이 맴돌듯 춤을 추어도 보이질 않는다. 이는 달마대사가 면벽하고 있을 때이다.

    漁翁長竿弱絲, 投平鋪水, 不言不笑, 寓心於嫋嫋竿絲之間, 疾雷破山而不聞, 曼秀都雅之姝, 舞如旋風而不見. 是達摩面壁時也.

    낚시를 던져놓고 찌만을 바라본다. 수면 위로 떠가는 구름, 이따금 수면을 흔드는 바람에도 그는 아랑곳하지 않고 하나의 점에만 몰두한다. 고기에 욕심이 동해서가 아니다. 그 유현幽玄한 집중, 옆에서 무슨 일이 벌어져도 끄떡도 않을 그 태산같이 무거운 몰두. 그 옛날 숭산 소림사의 토굴에 들어앉아 9년간 면벽정진하던 달마스님, 그 달마의 푸른 눈빛이 꼭 저렇지 않았을까? 때로 그런 뜻 없는 몰두의 순간이 그리울 때가 있다.

그 한순간

따스한 백사장의 가벼운 오리는 삼춘三春에 기분이 좋아 제 깃을 아껴 다듬고, 먼 산 날랜 송골매는 만 리 허공을 쏘아보면서 발톱과 부리를 자랑스레 다듬는다.

暖沙輕鳧, 意得三春, 護惜毛羽, 遙峯快鶻, 眼空萬里, 矜厲爪吻.

오리 모가지는 자꾸만 간지러워 제 목을 휘감아 조을고, 따스한 봄볕에 윤나는 제 깃털을 다듬는다. 높은 산 정상 위의 날랜 송골매는 발톱을 벼리고 부리를 다듬으며, 한차례 허공을 박차 올라 사냥감을 낚아챌 그 한순간을 준비한다. 오리의 그 고즈넉한 안온함, 송골매의 그 지수굿한 기다림.

착각

콩깍지만 한 배에 고기 그물을 싣고, 석양 무렵 맑은 강에 두 폭 돛을 달고서 갈대 우거진 속으로 떨쳐 들어가니, 배 가운데 탄 사람이 비록 모두 텁석부리에 쑥대머리일지라도 물가를 따라 바라보면 고사高士 육구몽陸龜蒙* 선생인가 싶어진다.

荳殼船載魚網, 夕陽澄江懸二幅颿, 拂拂入蘆葦中, 舟中人, 雖皆拳鬚突鬢, 然遵渚而望, 疑其高士陸魯望先生.

일엽편주에 그물 싣고 쌍포 돛을 매달아 저물녘 갈대 물가로 돌아온다. 한 폭 아름다운 그림이로구나. 비록 텁석부리 수염에 뻗친 구레나룻을 한 어수룩한 어부가 타고 있다 해도, 멀리서 그를 보며 서 있는 나는, 그가 마치 삶의 큰 이치를 깨달아 자연과 하나되는 삶을 살다간 현자賢者일 것만 같다.

---

* 당나라 때 시인. 늘 배를 타고 살았으므로 강호산인(江湖散人)이라고 하였다. 노망은 그의 자(字)이다.

얼굴

눈썹과 이마 사이에 은연중 맑고 잔잔한 물과 먼산의 기운을 띠고 있으면 바야흐로 더불어 고아한 운치를 말할 만하다. 그의 가슴속에는 돈을 탐하는 병통이 없다.

眉宇間隱然帶出澹沱水平遠山氣色, 方可與語雅致, 而胸中無錢癖.

얼굴은 정신의 표정이다. 얼굴에 탐욕이 묻어나는 사람이 있고, 분노와 경멸을 지니고 다니는 사람도 있다. 마음에 감춘 속내가 얼굴에 다 드러난다. 어떤 사람의 얼굴은 마주보고 있노라면, 잔잔히 맑은 강물과 아득히 먼산의 풍경이 떠오른다. 나는 그런 사람과 만나 인생의 운치를 이야기 나누고 싶다. 재물과 이욕, 명예와 집착을 털어버린 그를 거울처럼 마주보며 말없이 그렇게 앉아 있고 싶다.

밥벌레

단지 밥이나 먹고 눕기만 좋아해 털구멍이 죄 막히고 보면, 비록 맑은 바람이 시원스레 불어오는 대숲 가운데 있더라도 상쾌한 줄을 알지 못할 터이니, 어찌해볼 수가 없다.

只嗜飯而好臥, 毛孔擧壅, 雖置篠叢中, 淸風颼颼然鳴, 殊不知其爽爽, 不可奈何.

무위도식, 하는 일 없이 밥만 먹고 잠만 자는 종류의 인간들이 있다. 그 게으름으로 바깥 세계와 호흡하는 털구멍은 다 막혀버려 맑은 바람이 불어도 시원한 줄을 모른다. 아름다운 경치를 만나도 감동할 줄 모른다. 구제불능의 밥벌레들이다.

풀무질과 나막신

눈 속 옛 누각은 단청이 배나 밝고, 강 가운데 가녀린 피리 소리는 그 곡조가 더욱 높게 들린다. 빛깔이 얼마나 밝은지 소리가 얼마나 높은지 하는 것에 얽매이지 말고 마땅히 하얀 눈과 텅 빈 강물을 우선해야 하리라. 풀무질하던 혜강嵇康*과 나막신 좋아하던 완부阮孚** 에게 한번 눈길을 돌려 호걸들이 마음 붙이던 것을 나무라고 꾸짖는다면 조금도 일에 밝지 못한 사람이다. 이 사람들의 가슴속에 과연 대장간과 나막신이 있었겠는가?

雪裡古閣, 丹靑倍明, 江中纖笛, 腔調頓高. 不當泥於色何明聲何高, 當先於雪之白也江之空也. 一轉眼嵇鍛阮屐, 豪傑之寓心, 譏之責之, 則不曉半箇事人. 伊人胸中, 果有鍛與屐乎哉.

퇴락한 옛 누각이건만 눈 속의 단청을 바라보니 그 빛깔이 더 선명히 고와 보인다. 같은 피리 소리인데도 텅 빈 강물 위에서 들으면

---

* 진(晉)나라 때 죽림칠현의 한 사람.
** 진나라 때의 현인.

더 맑게 멀리까지 울려퍼진다. 그 빛깔이 곱고, 그 소리가 맑았던 것은 눈 속이요 강물 위였던 까닭이다. 내 마음이 희고, 내 마음이 텅 빌진대 비로소 사물의 본모습, 참소리가 보이고 들리리라. 혜강은 자기 집 버드나무 아래 연못을 파고 거기 앉아 한여름이면 대장장이일을 했다. 완부는 저 신을 나막신에 밀랍을 손수 칠했다. 그들은 호걸스런 인물이었는데 천한 사람이나 하는 일에 그 마음을 붙이었다. 혜강은 그 무더운 여름날 땀을 뻘뻘 흘리면서 풀무질을 하는 동안 무슨 생각을 했을까? 완부는 나막신을 손질하면서 어떤 생각을 했을까? 그 깊은 속은 헤아릴 줄 모르고 겉만 보고 군자가 어찌 그 따위 일에 마음을 쏟느냐고 욕하고 나무란다면 그것은 참으로 사리를 모르는 사람이다. 눈 녹은 후 그 누각을 다시 찾아가서는 전날 그 단청 고운 것에 속았음을 억울해할 자들이다.

우주 사이의 한 가지 유희

내 평생의 일을 비추어보건대, 다른 사람이 지은 득의의 글을 읽으면 미친 듯이 소리치고 크게 손뼉치며 평하는 글을 휘둘렀으니, 또한 우주 사이의 한 가지 유희라 할 만하다.

照吾平生之服, 讀人得意之文, 狂叫大拍, 評筆掀翻, 亦宇宙間一
遊戱.

회심의 문장, 쾌재의 글귀를 만나면 나도 모르게 가슴이 벅차온다. 그는 이미 오래전에 가고 없는데 마치 내 앞에 그가 마주 서 있는 것만 같다. 혼자 너무 좋아 미친 듯이 소리치고 손뼉도 치고, 넋 나간 사람처럼 허공 보며 장탄식을 하다가 방안을 왔다갔다 서성거린다. 그러고도 넘쳐나는 기쁨을 주체할 수가 없게 되면, 나는 붓을 들어 그 글에 대해 평하는 글을 쓴다. 쓰고 싶어 쓰는 것이 아니라 쓰지 않을 수 없어서 쓰는 것이다. 나는 여기서 드넓은 우주 사이에 시간과 공간을 초월해 옛사람과 더불어 노니는 즐거운 놀이를 찾는다.

분별하는 마음

호수 다리 위에서 물고기를 보면서 혜자惠子와 장자莊子가 힐난한 것은 도리어 분별하는 마음이 있었던 것이다. 말이 없었던 것만 못하다.

濠梁觀魚, 惠莊詰難, 却有機心, 不如無言.

『장자』의 「추수」편에 나오는 이야기다. 물고기가 노는 모습을 바라보던 장자가 물속에 노니는 물고기의 즐거움을 말하자, 혜자가 말했다. "자네가 물고기가 아니면서 어찌 물고기의 즐거움을 아는가?" 그러자 장자가 맞받아쳤다. "그렇다면 자네는 내가 아닌데 내가 물고기의 즐거움을 아는지 모르는지 어찌 아는가?"

둘 다 똑같구나. 다리 위에서 물속 고기가 노는 양을 보고 즐거웠거든 그저 바라보고 있을 일이지 분별하고 따져본들 무슨 소용이 있으랴. 그들도 아직은 기심機心, 즉 분별하고 헤아리는 마음을 놓지 못했던 게로구나. 말없는 가운데 주고받을 수 있는 대화가 있는 줄을 몰랐던 게다.

5월

    4월과 5월 사이에 동산 숲은 무성해지고, 과실이 갓 열려 온갖 새들이 우지지면 여린 파초잎을 따다가 미불米芾*의 「아집도서첩雅集圖序帖」을 본떠 왕유王維**의 「망천절구輞川絶句」를 파초잎 줄기 사이에 쓰면 먹 갈던 아이가 속으로 이를 갖고 싶어하겠지. 그러면 선뜻 주어버리고, 호랑나비를 잡아오게 하여 그 머리와 더듬이, 눈과 날개에 금빛과 푸른빛이 비치는 것을 찬찬히 살펴보다가 한참 만에 꽃 사이로 불어오는 산들바람을 향해 날려보내리라.

    四五月間, 園林繁縟, 果實初結, 百鳥嚶鳴. 摘軟綠蕉, 倣米元章雅集圖序帖, 寫摩詰輞川絶句於側理旁行間. 硯北童子, 意內欲得之, 快持贈, 使捕鬼車蝶來, 細玩其頭鬚眼翅, 金碧照映, 久之, 向花間微風, 飛送也.

    5월이 되면 연둣빛은 스러져 초록으로 변해가고, 그새 나무엔 첫 과일이 매달리기 시작한다. 새소리 가득한 그 곁에서 파초잎을 따다가 미원장의 「아집도서첩」의 단정한 필의를 본떠 왕유의 「망천절구」를 줄기 사이의 여백에 옮겨 적는다. 고운 파초잎에 먹은 잘도

먹어 아름다운 한 폭 글씨가 되었구나. 신기롭게 바라보는 먹 갈던 꼬맹이에게 "옜다. 너 가지거라. 대신 호랑나비 한 마리를 잡아와야 한다." 꼬마가 신이 나서 달려가 호랑나비 한 마리를 잡아오면 나는 그 나비의 머리와 더듬이의 생김새, 눈과 날개의 모습을 관찰해야지. 금빛인가 싶으면 어느새 푸른빛을 내는 그 날개 빛을 살펴봐야지. 그러다 산들바람이 살랑살랑 불어오면 저 놀던 꽃밭 속으로 다시 돌려보내줘야겠다.

---

* 송나라 때의 서화가. 원장(元章)은 그의 자이다. 미남궁(米南宮)으로 부르기도 한다.
** 당나라 때의 시인. 마힐(摩詰)은 그의 자이다. 시불(詩佛)로 불렸다.

깊은 울림

　바둑은 두지 않음을 고상하게 여기고, 거문고는 타지 않음을 묘하게 여기며, 시는 읊조리지 않음을 기이하게 여기고, 술은 마시지 않는 것으로 흥취롭게 여긴다. 매번 두지도 않고 연주하지도 않으며 읊조리지도 않고 마시지도 않는 마음이 어떠한지를 떠올려볼 뿐이다.

　棋以不着爲高, 琴以不彈爲妙, 詩以不吟爲奇, 酒以不飮爲趣. 每想其不着不彈不吟不飮之意思何如耳.

　희고 검은 돌을 가려 승부를 결해야만 바둑 두는 재미가 진진해지는 것이 아니다. 무현금無絃琴의 그 깊은 울림을 들을 줄 아는 귀가 필요하다. 시는 꼭 읊어야 맛이 아니요, 술은 꼭 마셔 취해야 좋을 것이 없다. 마음속에 넘치는 시정詩情을 담아 자연에 취하고 흥취에 취할 수만 있다면, 저 우주의 음악을 귀기울여 들을 수 있다면 얼마나 좋을까? 나는 바둑판을 볼 때마다 거문고를 볼 때마다 그런 생각을 한다. 시를 읊으려다가도 술잔을 들다가도 깜짝 놀랄 때가 있다. 언어로 옮기려는 순간 사라져버리는 그런 느낌들은 어떻게

해야 포착할 수 있을까? 술 마시지 않고도 거나하게 취하는 경계는
어디에서 맛볼 수 있을까?

좀벌레

흰 좀벌레 한 마리가 내『이소경離騷經』에서 추국秋菊·목란木蘭·강리江蘺·게거揭車 등의 글자를 갉아먹었다. 내가 처음에는 너무 화가 나서 잡아 죽이려 했었다. 조금 뒤 따져보니 또한 능히 향초만 갉아먹은 것이 기이하였다. 그 기이한 향기가 머리와 수염에 넘쳐나는지 살펴보고 싶어서 아이를 사서 반나절을 온통 뒤졌더니 홀연 좀벌레 한 마리가 꿈틀꿈틀 기어나오길래 손으로 이를 덮쳤더니 빠르기가 흐르는 물과 같이 달아나버렸다. 단지 은빛 가루만 번쩍이며 종이에 떨어졌을 뿐 좀벌레는 끝내 나를 저버리고 말았다.

有一白蟫, 食我離騷經秋菊木蘭江蘺揭車字. 我始大怒, 欲捕磔之. 少焉, 亦奇其能食香草也. 欲檢其異香, 溢于頭鬚, 購童子, 大索半日, 忽見一蟫, 脉脉而來, 手掩之, 疾如流水, 迺逝. 只銀粉閃鑠, 墜之于紙也. 蟫終負我耳.

취미도 괴상하구나, 좀벌레는. 하고많은 글자 중에서 하필 향초 이름만 갉아먹었더란 말이냐. 취미도 괴상하구나, 주인은. 갉아먹었으면 갉아먹었지, 그 한 마리 잡겠다고 그 수선을 떤단 말인가?

잡고서는 어찌해볼 참이었던가. 좀벌레를 잡아서 코에 넣어볼 참이었던가? 은빛 가루만 종이 위에 떨구고 자취도 없이 사라져버린 나의 좀벌레.

단 한 사람의 지기

만약 한 사람의 지기를 얻게 된다면 나는 마땅히 10년간 뽕나무를 심고, 1년간 누에를 쳐서 손수 오색실로 물을 들이리라. 열흘에 한 빛깔씩 물들인다면, 50일 만에 다섯 가지 빛깔을 이루게 될 것이다. 이를 따뜻한 봄볕에 쬐어 말린 뒤, 여린 아내를 시켜 백번 단련한 금침을 가지고서 내 친구의 얼굴을 수놓게 하여, 귀한 비단으로 장식하고 고옥古玉으로 축을 만들어 아마득히 높은 산과 양양히 흘러가는 강물, 그 사이에다 이를 펼쳐놓고 서로 마주보며 말없이 있다가, 날이 뉘엿해지면 품에 안고서 돌아오리라.

若得一知己, 我當十年種桑, 一年飼蠶, 手染五絲, 十日成一色,
五十日成五色. 曬之以陽春之煦, 使弱妻, 持百鍊金針, 繡我知己
面, 裝以異錦, 軸以古玉, 高山峨峨, 流水洋洋, 張于其間, 相對
無言, 薄暮懷而歸也.

뽕나무를 10년 길러 제법 무성해지면, 그제야 누에를 먹이리라. 누에가 실을 뱉으면 오색으로 곱게 물을 들여야지. 열흘에 한 가지씩 50일 만에 물을 들여 봄볕에 쬐어 말려야지. 오색실이 뽀송뽀송하게 마르거든 아내에게 부탁하여 내 친구의 얼굴을 그 실로 수놓으리라. 그것도 한 반년은 걸리겠지. 그런 뒤에 귀한 비단으로 배접하고 표구해서 고옥으로 괘를 달아야지. 그것을 들고서, 저 백아가 종자기를 앞에 앉혀두고 연주하던 드높은 산과 양양히 흐르는 강물로 나아가 이것을 걸어놓고 마주보며 말없이 앉아 있겠다. 날이 다 저물도록 그렇게 있다가 오겠다. 단 한 사람의 지기를 얻을 수만 있다면, 그를 위해 나는 기꺼이 이렇게 하겠다.

3월의 시내

3월의 푸른 시내에 오던 비 갓 개면 햇볕이 따스하다. 복사꽃 붉은 물결은 언덕까지 나란하게 차오른다. 오색의 작은 붕어도 그 지느러미를 세게 칠 수가 없어 마름풀 사이에서 헤엄치는데 혹 거꾸로 서기도 하고, 옆으로 자빠지기도 하며, 혹 주둥이를 물결 위로 내놓기도 한다. 작은 아가미를 벌름대는 것이 진기眞機의 지극함인지라 샘날 만큼 쾌활하고 편안해 보인다.

三月靑谿, 時雨新晴, 日色怡熙. 桃花紅浪, 激灩齊岸, 五色小鯽魚, 不能猛鼓其鬐, 游泳荇藻間. 或倒立, 或橫翻, 或吻出于浪, 細呷鄰鄰, 眞機之至, 猜快恬然.

3월의 시내엔 생기가 있다. 비 오다가 개어 구름 사이에 숨었던 해가 고개를 내밀면 복사꽃 꽃잎이 뜬 물결이 불어 언덕을 넘을 듯 찰랑거린다. 오색의 물고기는 그 거센 물살이 벅찬지 지느러미 한 번 마음껏 놀리지 못하고 물결에 밀려 거꾸로 공중제비를 돌고, 배를 디밀고 자빠지기도 한다. 숨이 차다고 물위로 주둥이를 벌름거리기도 하는데, 그 작은 아가미가 벌름벌름하는 양을 보고 있노라면 온몸에 알지 못할 활기가 전해져온다. 가뿐하고 상쾌하다.

명사

능히 마음을 담백히 하고 얽매임을 털어버려, 성내지 않고 가벼이 흔들리지 않으며, 도연명陶淵明의 문집을 잘 읽을 수만 있다면 이미 명사名士에 가깝다 할 것이다.

能慮淡累釋, 不嗔怒, 不浮搖, 善讀陶彭澤集, 已是八九分名士.

마음을 어지럽히는 생각, 이리저리 난마와도 같은 인연의 사슬들, 툭툭 털어내고 작은 일에 성내지 않고, 경솔히 망동하지 않으며, 다섯 말 곡식 때문에 허리 굽히고 싶지 않다며 벼슬 걷어치우고「귀거래사歸去來辭」를 노래했던 도연명의 문집을 즐겨 읽으며, 그 마음의 경계를 사모하는 사람이 있다면 그를 명사라 불러 부족함이 없으리라.

해맑은 마음

따스한 모래는 깨끗도 한데 백로와 원앙 같은 물새들이 둘씩 넷씩 짝을 지어 혹 비단 같은 바위 위에 앉기도 하고, 물풀을 뜯기도 하며 깃을 닦고 혹 모래로 목욕을 하기도 하고, 물에 제 그림자를 비춰 보기도 한다. 그 천연스런 자태의 해맑음이 절로 사랑스러워 요순시절의 기상 아님이 없다. 웃음 속에 감춰둔 칼날, 마음에 쌓아둔 만 개의 화살, 가슴속에 숨겨둔 서 말의 가시가 통쾌하게 사라져 눈곱만큼도 남아 있지 않게 된다. 항상 나의 마음을 3월 복사꽃 물결이 되게 할진대, 물고기와 새의 활발함이 순리대로 살아가려는 나의 마음에 절로 보탬이 될 것이다.

暖沙潔淨, 鶖鷗鸂鶒輩, 二二四四, 或垂錦石, 或喋芳芷, 或刷翎, 或浴沙, 或照影, 自愛天態穆穆, 無非唐天虞日之氣像. 笑中之刀, 攢心之萬箭, 胸中之三斗棘, 掃除之快, 不留一纖翳. 常以吾意思, 爲三月桃花浪, 則魚鳥之活潑, 自然助吾順適之心.

따스한 봄 모래톱에서 양양대며 제멋대로 노는 물새들. 물위에 솟은 바위 위에도 앉고, 물풀도 뜯어먹는다. 제 깃 단장에 정신을 파는 녀석, 흰 모래로 목욕하는 놈, 제 모습에 취해 그림자를 바라보는 녀석도 있다. 나는 거기서 태평성대의 순수무구한 마음을 본다. 건너다보이는 세상은 어떤가? 웃는 얼굴을 하고 있지만 뱃속에는 무시무시한 칼날을 감추고 있다. 마음속에는 남을 해코지하려는 화살이 가득하다. 저도 찌르고 남도 찌를 가시가 서 말이나 들어 있다. 천진스런 물새들에겐 그런 것이 없다. 나도 그렇게 살고 싶다.

매운 슬픔

　서재가 서늘한데 막걸리 술기운이 뺨에 오르면 오른편 벽에다간 문천상文天祥*의 초상화를 걸어두고 왼편 벽에는 도연명의 상을 걸어놓고, 높은 소리로 「정기가正氣歌」를 부르고 낮은 음으로 도연명의 「귀거래사」를 외우리라. 좌우를 바라보면 매운 슬픔에 구슬퍼지는데, 그때 촛불이 스러져 귀고리 모양의 무지개를 이루므로 칼등을 거꾸로 쥐고 옥두꺼비 연적을 두드리니 쟁그랑쟁그랑거리며 구리북 소리를 낸다.

　書齋薄寒, 村醪騰頰, 右壁揭文壯元像, 左壁揭陶徵君像, 徵聲誦正氣歌, 商聲誦歸去來辭, 睥睨左右, 烈悲酸瑟, 時燭焰盡成珥虹, 倒把劍脊, 箏玉蟾蜍, 鏗鏘如銅鼓音.

　오랑캐 앞에서 당당히 「정기가」를 부르며 산화했던 송나라 문천상의 그 절개, 다섯 말 곡식에 허리 굽히기가 구차하다며 「귀거래사」로 벼슬을 내던졌던 도연명. 두 사람을 생각하면 나는 까닭 없이 콧날이 시큰해온다. 세상은 뜻 높은 선비가 견뎌나가기엔 너무 힘들고 벅차구나. 그래서 서재에 스멀스멀 한기가 돌고 한잔 막걸리

에 귓불이 붉어진 날에는 나는 그들의 초상화를 꺼내 양옆에 걸어
놓고 그네의 그 노래를 소리 높여, 또 나직이 불러본다. 눈에 힘을
주어 그네의 모습을 쏘아보면 비분강개한 마음이 꾸역꾸역 올라온
다. 초저녁 밝은 불빛이 어느새 가물거릴 때쯤이면 나는 칼등으로
책상 위 옥두꺼비 연적을 쟁그랑쟁그랑 두드리며 가눌 길 없는 울
분을 삭이곤 한다.

---

* 송나라의 충신. 금나라에 포로가 되어 온갖 회유에도 흔들림 없이 지조를 지켜 죽었다.

고심

동방삭東方朔*은 세상을 즐겼고, 굴원은 세상을 개탄하였다. 그 고심은 모두 눈물 흘릴 만하다.

方朔玩世, 靈均憤世, 其苦心, 皆可涕.

동방삭은 우스갯말로 한세상을 건너갔고, 굴원은 분노의 탄식을 안으로 삼켜 상강에 빠져 죽었다. 한 사람은 웃었고 한 사람은 울었지만 나는 안다. 동방삭의 그 웃음 뒤에도 눈물이 있었음을. 표현하는 방법은 달랐어도 뜻있는 선비가 티끌 세상 건너기가 그렇게도 힘들었을 줄을 나는 알겠다. 너무 잘 알겠다.

* 한나라 무제 때의 문인. 골계에 뛰어나 이로써 임금에게 풍간하였다.

석양 무렵

　해가 서편 하늘로 내려올 제, 첩첩 구름이 이를 가리면 갑자기 침
향색으로 변해버린다. 햇빛은 구름 곁으로 넘쳐흘러 반 하늘이 붉게
끓고, 구름 머리의 테두리는 마치 자줏빛 금테를 두른 것 같다.

　日下西天, 疊雲障之, 驟變沈香色. 日光旁溢, 半天紅蕩, 雲頭緣,
　似紫金線.

　석양 무렵 떨어지는 해를 구름이 가리니 붉게 타던 노을이 침향
빛으로 무겁게 가라앉는다. 햇빛은 구름 사이로 넘쳐흘러 반 하늘
에 붉고, 구름 꼭대기 가장자리에는 한풀 죽은 석양빛이 자줏빛 테
두리를 둘렀다. 바라보고 있자니 마음이 설렌다.

선비

선비가 한 닢의 돈을 아까워하면 털구멍이 죄 막혀버리고, 시정의 사람이라도 뱃속에 수천 자를 간직하고 있다면 눈동자에 환한 빛이 있다.

士惜一文錢, 毛孔盡窒, 市井腹中略有數千字, 眸子朗然有光.

한푼 동전을 아까워할진대 그를 선비라 하랴. 그의 털구멍은 그 탐욕과 인색으로 인해 죄 막혀버려서, 바람이 시원한 줄도, 봄꽃이 향기로운 줄도 깨닫지 못하게 된다. 세계로 향한 촉수가 모두 막혀 버린 그를 나는 선비라 부르지 않겠다. 시정에서 부대끼며 살아가는 속물 같은 인생일지라도 가슴속에 한 권의 책을 지니고 있다면 그 눈동자는 환히 빛날 것이다. 그는 지저귀는 새소리를 들을 줄 아는 귀를 지녔다. 그는 흘러가는 물소리를 가슴에 들일 줄 아는 마음을 지녔다. 그는 선비다.

아, 이덕무야

가난해 반 꿰미의 돈조차 저축하지 못하면서 천하에 가난하고 춥고 질병과 곤액에 시달리는 이에게 베풀고 싶어한다. 노둔해서 한 권의 책조차 꿰뚫어보지 못하면서 만고의 경사經史와 이야기책을 다 보려 한다. 오활함이 아니면 바보로구나. 아, 이덕무야! 아, 이덕무야!

貧不貯半緡錢, 欲施天下窮寒疾厄, 鹵不透一部書, 欲覽萬古經史叢稗, 匪迂卽痴. 嗟李生! 嗟李生!

나 비록 가난하지만 내 가진 것을 천하의 가난하고 병들어 고통받는 이를 위해 나눠주고 싶다. 나 비록 옳게 읽을 한 권의 책이 없으되 선인들의 피와 땀이 아로새겨진 그 책들을 죄다 읽고 싶다. 아! 이 무모한 욕심, 이덕무야! 이덕무야! 너는 참 바보처럼 살고 있구나.

상팔자

　부서진 우산을 낙숫물을 받으면서 깁고, 묵은 약절구는 섬돌에 놓아둔다. 새들을 문생門生으로 삼고 구름 안개로 오랜 벗을 삼는다. 나의 일생은 참 편안한 팔자로구나. 하하하하!

　敗雨傘承霤而補, 古藥臼逮堦而安. 以鳥雀爲門生, 以雲烟爲舊契. 炯菴一生, 占便宜人. 呵呵呵.

　빗속에 외출하려 하나 우산이 부서졌다. 낙숫물 떨어지는 가운데서 부서진 우산을 고친다. 하도 써서 더는 못 쓰게 된 약절구는 버리기 아까워 섬돌 대신 놓아둔다. 이덕무야! 네 팔자가 상팔자로구나. 빈집에서 짓까부는 참새떼들이 네 제자가 되겠다 하고, 집 뒤 구름 안개도 오랜 친구라고 우기니 말이다. 하하하하.

삼갈 일

세모시 가는 실이 호박 구슬을 자르고, 얇은 판잣조각이 쇠뿔을 가른다. 군자가 근심을 예방함은 소홀히 하기 쉬운 것을 삼가야 한다.

細苧絲虎魄截, 薄板片牛角割. 君子防患, 愼所忽.

세모시 가는 실이 무슨 힘이 있으랴만 그 단단한 호박 구슬을 자를 수가 있다. 굳은 쇠뿔도 얇은 판잣조각이 가르고 만다. 방심하지 말라. 작은 일을 소홀히 하지 말라. 큰 재앙은 작은 데서 비롯된다. 군자는 하늘의 뜻을 미리 읽는다. 남들이 보고도 못 보는 것을 그들은 본다.

금붕어의 생기

　동이를 묻고 물고기를 기를 때 열흘간 물을 갈아주지 않으면 이끼가 청동과 같아 사람의 옷을 물들일 것만 같다. 금붕어는 온몸이 연녹색이 되어 비실비실 머리를 떨구고 헤엄친다. 시험 삼아 새 샘물을 부어주고 붉은 벌레를 던져주면 마치 송골매가 토끼를 쫓는 것처럼 생기가 발랄하지 않음이 없다. 혹 반신을 물위에 내고 서서 날 향해 말을 하려는 것만 같다.

　埋盆養魚, 旬日不換水, 苔如靑銅, 欲染人衣. 金鯽渾身, 作軟綠色, 悶悶垂頭而游. 試灌新泉, 投紅蟲, 無不如鶻逐兎, 生氣勃然. 或半身出水上立, 欲向人語.

　이끼 낀 어항에서 금붕어는 숨이 막혀 시들어간다. 썩어 고인 물에서야 물고긴들 어이 살 수 있을까? 고개를 푹 처박고 제 몸에도 이끼를 묻히고 비틀거린다. 그때 새 샘물을 길어와 어항에 부어주고, 벌레를 잡아 먹이를 넣어주면 질식할 것 같던 어항 속에 아연 생기가 돌기 시작한다. 비실비실 죽어가던 금붕어는 날랜 매가 토끼를 낚아채듯 벌레를 잡아먹고, 이제는 살았다는 듯이 정말 고마운 인사라도 해야겠다는 듯이 날 보고 뻐끔뻐끔 물위 인사를 한다.

좋은 벗

좋은 벗이 마음에 있어도 오래 머물 수 없는 것은 마치 꽃가루를 묻힌 나비가 올 제는 즐겁고 잠깐 머물면 마음이 바쁘다가 가버리고 나면 애틋해지는 것과 같다.

佳朋之有情而不能久留者, 如按藥之粉翅蝶, 其來也欤欤, 少留也忽忽, 其去也戀戀.

좋은 벗이 날 찾으니 오래오래 그와 함께 있었으면 싶다. 그런데 그는 바쁘다며 곧 떠나야 한다고 하니 내 마음이 너무 섭섭하다. 내 마음은 나비가 찾아주길 기다리던 꽃이었는데, 정작 나비는 훌쩍 왔다가 잠시 머물다간 무엇이 바빠 그리 갔느뇨. 가고 나면 보고픈 정은 또 어찌한단 말인가? 야속한 친구. 차라리 오지를 말 일이지. 왜 남의 마음을 이다지도 안쓰럽게 만드는 겐가.

먹고살 만해지면

아내가 약해도 길쌈을 잘하고, 아들이 어려도 글을 잘 읽으며, 누렁 송아지가 비쩍 말랐어도 묵정밭을 잘 갈아 집안 살림이 비로소 살 만해지면 한적한 물가에서 책을 저술하여 명산에 굴을 파서 감춰두리라.

可能妻弱而善紡績, 子穉而善讀書, 黃犢瘦而善耕畬田. 自家始安養, 閒寂之涯, 著書, 鑿名山藏之.

제대로 못 먹어 여윈 아내, 병치레 잦은 그녀가 길쌈해서 옷 입을 만하고, 자라나는 어린아이가 책 읽기를 좋아한다면, 거기다 비쩍 마른 누렁소가 묵정밭을 잘 갈아서 끼니 걱정을 하지 않아도 좋을 수 있다면 나는 더 바랄 게 없겠다. 사람의 자취 드문 한적한 물가에 거처를 정해두고, 저서에 몰두하여 그 지은 책을 명산에 굴을 파서 깊이깊이 간직해두겠다. 먼 훗날 그것을 찾아낼 한 사람의 독자를 위해서 말이다.

거간꾼

　글을 읽으면서 단지 공명에만 정신을 쏟고, 마음으로 환하게 비추어보지도 않으면서, 장차 소요하여 노닐지도 않는다면, 어찌하여 진작에 저잣거리 가운데로 가서 거간꾼이 되지 않는가?

　讀書只留意功名, 不以性靈, 炯然投照, 且不逍遙游, 何不早去市中, 作駔儈.

　공명을 얻기 위한 독서는 독서가 아니다. 마음의 눈이 열리지 않으면 볼 수가 없다. 소요하여 노니는 여유가 없고는 인생에 의미가 없다. 그런 사람이라면 차라리 저잣거리에서 흥정을 붙여주고 이문이나 챙기는 거간꾼이 되는 편이 더 나으리라. 그들의 독서는 오히려 그들을 망치고야 말리라.

봄비와 가을 서리

봄비는 윤기로워 풀싹이 떨쳐 돋아나고, 가을 서리는 엄숙해서 나무 소리도 주눅이 든다.

春雨潤, 草芽奮, 秋霜肅, 木聲遜.

봄비와 같은 사람이 있고, 가을 서리와 같은 사람이 있다. 더불어 삶의 기쁨을 나누어주는 사람이 있고, 옆에만 서도 으스스 떨리는 사람이 있다. 훈기로 인정스레 가슴을 덥혀주는 사람이 있고, 오싹하게 남의 가슴에 못을 박는 사람이 있다. 그러나 남을 향한 마음을 봄비처럼 지니고, 나 자신의 마음자리를 가을 서리같이 엄숙히 지닐 수만 있다면 그 삶이 비로소 헛되지 않으리라.

시정화의

그림을 그리면서 시정詩情을 알지 못하면 물감은 어둡고 메마르게 된다. 시를 지으면서 화의畵意를 모르면 시의 맥락은 잠겨 막히게 된다.

畵而不知詩意, 畵液暗枯, 詩而不知畵意, 詩脉潛滯.

시정화의詩情畵意라 했다. 그림을 그리는 마음으로 시를 쓰고, 시 쓰는 마음으로 그림을 그릴 일이다. 넋두리만 있는 시, 손끝의 풍경만 있는 그림에는 정신이 담기지 않는다.

파초 그늘

여름날 파초 동산에 앉았노라면 졸음이 마치 하늘에 드리운 구름과 같이 몰려온다. 소나기가 갑자기 파초잎을 때리면 미끄러져 구르면서 흔들리는데 빗줄기가 옆으로 날려 뿌리면 얼굴이 시원해져서 너무 좋고 졸리던 생각이 금세 사라져버린다.

暑日坐芭蕉院, 睡睫如垂天之雲. 白雨急打葉, 也滑溜而低仰之. 雨脚橫跳飛灑, 眉宇霎然堪憐. 睡思快遁.

무더운 여름날 파초 그늘 아래서 더위를 식히노라면 천근인 듯 눈꺼풀이 감겨온다. 그때 먹장구름이 몰려와 한줄기 시원한 빗줄기를 좍좍 뿌리면 파초잎엔 빗방울이 튀어오르고, 그 서슬에 끄덕끄덕 고갯짓을 한다. 빗줄기는 더욱 거세져서 앉아 졸던 내 위로 흩뿌린다. 정신이 번쩍 든다. 조금 전 쏟아지던 졸음은 어디 갔을까?

아름다운 빛깔

　세계가 커다란 도화지라면 조화옹은 위대한 화가이다. 오구나무의 꽃은 차고 요염하면서도 붉으니, 누가 은주銀硃와 자석赭石과 산호의 가루를 베풀었더란 말인가? 복사꽃 화판에는 연지 솜의 즙액이 뚝뚝 젖어들고, 가을 국화의 빛깔은 등황색을 곱게 뿌려놓았다. 눈이 그치고 안개와 이내는 두 겹 세 겹 푸르러 고르게 원근을 가른다. 쏟아지는 비가 강물 위로 넘치면 수묵을 잔뜩 뿌린 것같이 물들듯 번져들어 빈틈이 없다. 잠자리의 눈은 석록빛이 은은하고, 나비의 날개는 유금乳金빛으로 무리진다. 생각해보면 하늘 위에 한 성관星官이 채색을 주관함이 있어 풀과 나무, 돌과 쇠의 정기를 거두어다 조화옹에게 바쳐 온갖 만물에게 빛깔을 입히는 것이란 말인가? 가을 강 위에 타는 저녁놀은 그림으로 가장 훌륭한 것일 터인데, 이것은 조화옹의 득의의 솜씨이다.

世界大粉本, 造化翁大畫史. 烏舅樹, 冷艶而老紅, 誰其設銀硃赭石珊瑚末耶. 桃花瓣, 臙脂綿汁, 滴滴欲漬, 秋菊色, 藤黃鮮抹, 雪晴烟嵐, 二靑三靑, 勻分遠近. 急雨奔江, 滿灑水墨, 渲染無罅. 蜻蜓眼, 石綠隱隱, 蝶翅暈以乳金. 意者, 天上有一星官, 主彩色,收草花石金精英, 以供造化翁, 着色萬品耶? 秋江夕陽, 粉本最好, 此造化翁得意筆也.

지상 위의 온갖 아름다운 빛깔들은 누가 색칠하는 것일까? 형형색색의 꽃잎들, 눈 그친 뒤 안개 낀 풍경의 농담, 여름날 번지기 수법으로 퍼져가는 안개, 잠자리의 오묘한 눈빛, 나비의 날개, 이것은 모두 누가 그린 것인가? 하늘 높은 곳에서 색채를 주관하는 이가 있어 조화옹의 붓을 빌려 그린 것인가? 그중에서도 가장 아름다운 그림은 노을 지는 가을 강물이다. 나는 그 앞에 서면 아무 말도 할 수가 없다.

군침 도는 소리

　곱고 빼어난 푸른 산과 선명히 짙은 흰 구름의 아름다움을 한참 동안 부러워하다가, 속으로 한 번에 움켜쥐고서 꿀꺽 먹어치우려 했더니 어금니와 뺨 사이에서 벌써 군침 도는 소리가 들려오는 것이다. 천하에 큰 먹거리로는 이만한 것이 없으리라.

　媚秀之靑峯, 鮮濃之白雲, 羨艶良久, 意內欲一攬而盡湌, 牙頰間, 預聞簌簌聲. 天下之大饞饕, 無如爾也.

　푸른 산허리를 감도는 흰 구름, 곱고도 아름다운 풍경이다. 그 앞에 마주앉아 한참 바라보자니 한입에 꿀꺽 삼켜 내 뱃속에 넣어두면 좋겠구나. 생각만 해도 군침이 돌고 시장기를 느낀다. 저 푸른 산과 흰 구름은 얼마나 맛있을까?

혼자 하는 놀이

눈 온 날 새벽, 비 내리는 저녁에 내 좋은 벗이 오질 않으니 더불어 이야기 나눌 사람이 누구겠는가? 시험 삼아 내 입으로 읽으니 이를 듣는 것은 나의 귀였다. 내 팔로 글씨를 쓰니 이를 감상하는 것은 내 눈이었다. 내가 나를 벗으로 삼았거니, 다시 무엇을 원망하랴.

雪之晨雨之夕, 佳朋不來, 誰與晤言? 試以我口讀之, 而聽之者我耳也, 我腕書之, 而玩之者我眼也. 以吾友我, 復何怨乎.

눈이 환하게 오신 새벽에는 반가운 손님이라도 맞이하고 싶다. 조촐히 비 내리는 저녁에는 곁에 누구라도 있었으면 좋겠다. 내 마음을 꺼내놓고 이런저런 마음 쓰지 않고 내키는 대로 이야기 나눌 그 한 벗이 곁에 있었으면 좋겠다. 그러나 나는 혼자다. 그래서 혼자 책을 펼쳐놓고 읽으면 내 귀가 그 소리를 듣고 기뻐한다. 붓을 꺼내 글씨를 쓰면 내 눈이 이를 기쁘게 읽는다. 아! 혼자 하는 놀이인데도 심심치가 않구나. 내가 내게 이야기한다. 내가 내게 보여준다. 고맙고 기쁘다.

신선

신선이란 특별한 사람이 아니다. 마음이 담백하여 때에 얽매임이 없으면 도가 이미 원숙해지고, 금단金丹이 거의 이루어지게 되는 것이니, 저 허공을 날아오르고 껍질을 벗고 변화한다는 것은 억지로 하는 말일 뿐이다. 만약 내가 잠깐이라도 얽매임이 없다고 한다면, 이는 그 잠깐 신선인 것이요, 반나절 그러하다면 반나절 신선이 된 것이다. 내 비록 오래도록 신선이 되어 있지는 못해도 하루 가운데 거의 서너 번씩은 신선이 되곤 한다. 대저 발아래에서 뽀얀 붉은 먼지가 풀풀 일어나는 자는 일생에 단 한 번도 신선이 되지 못하리라.

神仙非別人. 澹然無累時, 道果已圓, 金丹垂成. 彼飛昇蛻化, 勉强語耳. 如我一刻無累, 是一刻神仙, 半日如許, 爲神仙半日矣. 我則雖不能耐久爲神仙, 一日之中, 幾三四番爲之. 夫脚下軟紅塵勃勃起者, 一生不得爲一番神仙.

신선이 별건가? 양쪽 겨드랑이에 날개가 돋아 보허등공步虛登空 해야만 신선이 아니다. 신선이란 마음에 누추함이 없고, 희디흰 종이처럼 마음이 깨끗한 사람을 두고 하는 말이다. 내 마음에 티끌 세상일을 들여놓지 않고, 거기에다 내 정신을 소모하지 않고, 내가 내 삶의 주인이 되는 삶을 사는 사람을 신선이라 한다. 나는 하루에도 몇 번씩 신선이 되곤 한다. 나는 신선이다.

마음가짐

만약 조정에 나아가 벼슬하여 임금의 계책을 보필하지 못할진대, 마땅히 초가집에 웅크려 앉아 『십삼경주소十三經注疏』의 같고 다름을 두루 살펴보고, 『이십일사二十一史』에 실린 기전紀傳의 잘잘못을 논평하는 것이 그저 살다 그렇게 죽는 것보다 차라리 낫고, 또 하루 두 끼의 쌀밥에 부끄럽지 않을 뿐이다. 그렇지만 이것은 모두 마음을 닦고 성정을 기름만은 못하다.

如不得羽儀朝廷, 黼黻皇猷, 當偃蹇蓬蓽, 繙閱十三經注疏異同, 評斷廿一史紀傳得失, 無寧愈於徒生徒死, 且不愧一日二盂稻飯耳. 然都不如修心養性.

세상에 나가 내 가슴속의 포부를 한껏 펼쳐볼 기회가 있다면 더할 나위 없겠지만 그럴 수 없다 해서 무위도식으로 인생을 낭비하는 것은 소인들이나 할 짓이다. 남는 시간이 있거든 차라리 글을 읽을 일이다. 옛 성현의 한말씀을 놓고 고금의 학자들은 왜 이렇게 의논이 분분했을까? 역사 속을 살다간 그들은 그때 왜 그렇게 행동했을까? 그제야 나는 하루 두 끼 밥 먹는 것이 부끄럽지 않으리라. 그

렇지만 그 역시 고요히 밖으로 향한 마음을 거두어 닦고, 내 성정을
깨끗이 길러 인생의 참의미를 음미하느니만 못할 것이다.

가을 햇살

　가을날 오건烏巾을 쓰고 흰 겹옷을 입고, 녹침필綠沈筆을 흔들면서 해어도海魚圖를 평하는데, 문종이로 바른 창이 화안하더니 흰 국화의 기우숙한 그림자를 만들었다. 맑은 먹을 묻혀 기쁘게 모사하였다. 한 쌍의 큰 나비가 향기를 좇아와서는 꽃 가운데 앉는다. 더듬이가 마치 구리줄같이 또렷하게 헤일 수가 있었으므로, 꽃 그림에 보태어 그렸다. 또 참새 한 마리가 가지를 잡고 매달리니 더욱 기이하였다. 참새가 놀라 날아갈까봐 급히 베끼고는 쟁그렁 붓을 던지며 말하였다. "일을 잘 마쳤다. 나비를 얻었는데 참새를 또 얻었구나!"

　秋日烏巾白袷, 搖綠沈筆, 評海魚圖, 蠟窓明快, 白菊花作欹斜影, 抹淡墨, 欣然摹寫. 一雙大蝴蝶, 逐香而來, 立花中. 鬚如銅線, 的歷可數. 仍添寫. 又有一雀, 握枝而懸, 尤奇之. 而恐其驚去, 急寫了, 鏗然擲筆曰: "能事畢矣. 旣得蝶, 復得雀乎!"

　투명한 가을 햇살이 문종이 위로 부서진다. 나는 붓을 들고서 바다에서 고기가 뛰노는 그림을 구경하고 있었다. 아연 창에 어리는 국화꽃 그림자, 그 위에 다시 나비 한 쌍이 와서 앉고, 참새 한 마리가 줄기에 매달렸다. 그 짧은 순간에 그린 크로키. 이윽고 나비와 참새는 날아가고 해가 엷어져 국화꽃 그림자도 스러져버렸지만, 엷은 먹으로 남은 꽃과 나비와 새의 흔적만은 지워지지 않고 긴 겨울을 나와 함께 나겠구나.

통쾌한 일

훌륭한 농부가 봄비 내리는 밭을 새벽에 간다. 왼손으로 쟁기를 잡고, 오른손으로는 고삐를 당겨 칡소의 등을 때리며 '이려' 하고 크게 한 소리를 지른다. 청산은 찢어질 것만 같고, 물은 콸콸 쏟아진다. 발굽 아래 흙을 뒤집으면, 윤나고 따스한 푸른 진흙이 구름이 모여들고 고기비늘이 답쌓이듯 하여 일하기가 손쉽다. 우주 사이의 한가지 통쾌한 일이로구나.

上農夫曉耕春雨田. 左手扶耒, 右手牽靷, 彈鳥犍背, 大叱一聲.
青山欲裂, 白水活活, 翻蹄下, 潤暖青泥, 雲委鱗堆, 甚易與耳.
宇宙間一快事.

봄비에 얼었던 흙이 녹아내리면 농부는 날 새기를 기다릴 여가가 없다. 신새벽에 밭에 나와 "이려 이려! 쯧쯧!" 하며 얼룩빼기 칡소의 등 위로 고삐를 당기면, 그 소리는 새벽 공기를 가르며 상쾌한 울림을 남긴다. 그래서 청산은 푸른 제빛을 되찾고 봇물은 콸콸 솟아 겨우내 굳었던 땅을 풀어놓는다. 쟁기가 지나는 곳마다 떡떡 갈아엎어진 진흙덩이들이 고기비늘인가도 싶고, 뭉게구름 같기도 하다.

생각만 해도 내 속이 다 시원하다.

감상법

시문을 볼 때는 먼저 지은이의 정경情境을 살펴야 하고, 서화를 평할 때는 도리어 저 자신의 마음가짐과 됨됨이로 돌아가야 한다.

看詩文, 先尋作者之情境, 評書畵, 反歸自家之神宇.

이 시는 어떤 심경을 썼을까? 이 글은 어떤 상황에서 지어졌을까? 그 그림이 떠오르지 않고는 옳게 시문을 감상했다 할 수가 없다. 한 편의 글 위에는 떠도는 아지랑이가 있다. 글자와 글자의 사이, 행과 행의 사이에 걸려 있는 그 아지랑이가 바로 시문의 정경이다. 이를 느끼지 못하면서 무슨 시문의 정경을 말하랴.

"형편없군!" "획이 저게 뭐야. 임서臨書나 더 하지 않구." 안고수비 眼高手卑라고, 남이 노심초사한 결과를 앞에 두고 이러니저러니 말을 해댄다. 눈에 들지 않거든 그저 한번 보고 말 일이다. 성에 차지 않는다고 입을 함부로 놀리지 말아라. 말하는 사람의 본바탕이 훤히 드러나 보인다.

공명심

두예杜預는 유아儒雅하여 명예를 탐하는 마음이 적을 듯하였으나 살았을 때 자기의 공적을 적은 비석을 새겨 물속에 잠가두었고, 두목杜牧은 가볍고 날래어 공명을 바라는 마음이 많을 것 같았는데 죽는 날 자신이 지은 원고를 불살랐다. 물속의 한 조각 돌은 한번 가고는 아득하였으되, 남쪽을 정벌했던 그의 공훈은 뚜렷이 남았고, 불타고 남은 시는 다시 나와 그대로 전해지니 두목의 풍류도 절로 그와 같이 되었다.

杜預儒雅, 名心似少, 而生時沈碑, 杜牧輕俊, 名心似多, 而死日焚稿. 水中片石, 一去茫茫, 征南之勳業宛然, 火裡殘詩, 再出依依, 樊川之風流自如.

떳떳한 삶을 살았으되, 그것을 남들이 알아주지 않을까 염려하여, 스스로 제 비석을 새겨 물속에 잠가두었구나. 그게 무슨 마음이었을까? 그 물속 비석 때문에 그는 세상 사람들의 웃음거리가 되었다. 재주가 승하여 가벼웠던 두목, 그는 삶의 끝자리에서 무엇이 부끄러웠던지 평생 지은 자기 원고를 불에 태웠다. 그래도 그의 시를

아끼던 이들이 주워모아 그의 문집은 그 면모가 고스란히 지금도
전해진다. 한 사람은 자신을 남기려다 잃었고, 한 사람은 자신을 지
우려다 남았다.

박복한 사람

하지장賀知章*은 황제에게서 경호鏡湖를 하사받았고, 부재符載**
는 남에게 돈을 빌려 산을 샀으니, 이는 시끌벅적한 처사處士라 하
겠다. 이제 푸른 봉우리가 무수하고 초록 물결이 넘실대니 그 어디
인들 몇 칸 떳집 엮기에 마땅치 않으랴. 그런데도 귀거래하지는 않
으면서 단지 혀를 끌끌 차며 하사하신다는 황제의 조서를 만나지 못
해서, 내게 돈을 꾸어줄 만한 자사刺史를 사귀지 못했다는 구실로,
팍팍한 티끌 세상 가운데서 머리터럭이 성성해진 사람은 참으로 박
복한 사람일 뿐이다.

> 知章乞湖符載買山, 此鬧熱之處士也. 今靑峯無數, 綠波自在, 何
> 處不宜添數椽茅茨. 猶不歸去, 只咄咄不逢賜詔之皇帝, 不交贈
> 錢之刺史, 軟紅塵中鬚髮如星者, 眞薄福人耳.

"귀거래 귀거래 하나 말뿐이지 간 이 없네"라고 한 것은 옛 어른의
탄식이다. 입만 열면 귀거래사를 되뇌고, 매처학자梅妻鶴子의 임포林
逋와 농어회와 미나리 무침을 먹겠다고 벼슬 그만두고 고향으로 내
려갔던 장한張翰의 고사를 들먹인다. 그렇게 귀거래가 소원이라면

당장이라도 떠날 수 있을 것을. 사실은 떠나고 싶지는 않고 호사 삼아 한번 해본 소리인 줄을 내가 잘 알기에 나는 그들을 박복한 사람이라 부른다. 청산은 언제나 저기 서 있건만 인간의 욕심이 끝없어 가슴을 열고 훌훌 털어버릴 줄을 모른다.

---

* 당나라 때의 문인, 정치가. 뒤에 고향으로 돌아가자 황제가 경호를 하사하고 직접 시를 지어 전송하였다.
** 당나라 때의 시인. 처음에 여산(廬山)에 은거하다가 나중에 벼슬길에 나갔다.

목동

산집 목동 아이가 화원畫苑의 그림 그리는 법을 능히 알아 옥수수 잎을 더벅머리와 이마의 터럭 위에 둘러쓰고 쇠등 아래쪽에 앉아 올려다보면 소의 두 뿔은 마치 먼 데서 산이 출물하는 듯하고, 아이는 조막만 하고, 소는 집채 같을 것이다. 만약 소의 허리 한가운데에 탔다면 이는 속된 목동으로 사리를 잘 모르는 것일 터이다.

山庄牧兒, 能曉畵苑鋪敍, 蜀黍葉, 圍鬌鬖額髮, 却坐牛脊下望見, 雙角如遙山出沒, 兒如拳牛如屋, 若騎腰正中, 是俗牧兒不曉事.

그림 속의 목동 아이는 으레 쇠등에 거꾸로 앉아 있다. 옥수수잎을 엮어 고깔로 쓰고 쇠등을 거꾸로 타고 터덜터덜 내려온다. 아래서 올려다보면 먼산 두 봉우리가 들락날락하는 중에 그 뒤로 보이는 아이는 이목구비도 없이 옥수수잎 벙거지만 조막만 하게 보이고, 오히려 그 소가 집채만 하게 보이겠지. 만약 소 허리에 곧추 앉아 말이라도 탄 양 "이랴, 이랴!" 하며 내려온다면 나는 입맛이 그만 씁쓸해지리라.

몰입

　바다 물결을 그린 작은 그림을 전부 펼쳐놓고서 한참을 주시하고 있노라면, 물결이 출렁이는 곳은 마치 수많은 물고기 비늘이 일제히 움직이는 것만 같고, 파도가 포말로 부서지는 곳은 마치도 수많은 손들이 손을 뻗어 낚아채는 것만 같아서 잠깐 사이에도 몸이 오르내리며 빈 배가 떴다 가라앉았다 하는 형상을 짓는다. 급히 그림을 걷어버리자 그쳤다.

　展畵海潮小幅, 注目久之, 翻瀾處如萬鱗掀動, 激沫處如千手拏攫, 倏翕之間, 身俯仰作虛舟出沒狀. 急捲之乃止.

　바다 물결을 그린 그림을 보면서도 수만 물고기의 비늘을 보고, 할퀴려 달려드는 수천의 손아귀를 보았구나. 그림 보다가 정경에 몰입되어 저도 몰래 배를 탄 사람처럼 끄덕끄덕하고 그랬구나.

진정한 벗

모름지기 벗 없음을 한탄하지 말고, 책과 더불어 노닐 일이다. 책이 없더라도 구름과 노을이 내 친구요, 구름과 노을이 없을진대 허공 밖으로 날아가는 갈매기에 내 마음을 실어보낼 수 있으리라. 나는 갈매기조차 없거든 남쪽 마을의 느티나무를 바라다보며 친할 수가 있다. 원추리잎 사이에 앉아 있는 귀뚜라미도 바라보며 기뻐할 만하다. 무릇 내가 이를 아껴도 저가 시기하거나 의심하지 않는다면 모두가 나의 좋은 벗이다.

不須歎無友, 書帙堪與遊. 無書帙, 雲霞吾友也. 無雲霞, 空外飛鷗, 可托吾心. 無飛鷗, 南里槐樹, 可望而親也. 萱葉間促織, 可玩而悅也. 凡吾所愛之, 而渠不猜疑者, 皆吾佳朋也.

나를 알아줄 한 사람의 벗이 없다 해서 한탄만 할 일이 아니다. 상우천고尙友千古, 책 속의 선인을 벗삼고, 저 하늘을 떠가는 구름과 노을로 내 벗을 삼으리라. 허공을 가르고 지나가는 갈매기도 내 벗이 아닌가? 아랫마을의 느티나무, 원추리잎 사이의 귀뚜라미도 보매 내 마음을 기쁘게 해준다. 진정한 벗이란 무엇일까? 내가 저를

아껴주어도 다른 꿍꿍이속이 있지나 않을까 의심치 않는다면, 그것
이 좋은 벗이다.

시계

부엌살림이 가난하고 보니 새가 둥지에 깃들고서야 밥을 먹고, 집이 썰렁타보니 새가 둥지를 나선 뒤라야 잠을 깬다. 선생은 어찌하여 새를 따라서 아침저녁을 삼는가? 나는 새를 가지고 자명종과 연화루蓮花漏를 삼는다.

厨貧鳥定棲而飯飱, 齋冷鳥出棲而眠悟. 先生何隨鳥而朝夕之耶? 我以鳥爲自鳴鍾蓮花漏.

새가 둥지에 드는 것을 보니 저녁때가 되었고, 둥지에서 나오니 날이 샌 줄을 알겠다. 새들이 잠자리에 들 때에야 나는 겨우 저녁을 때우고, 춥고 썰렁한 집에서 책 읽다가 든 새벽잠은 새가 제 둥지를 떠난 뒤에도 쉬이 깨질 않는다. 내게 시계가 없으나 저 새의 나고 드는 모습으로 하루를 짐작하며 산다. 배고프고 춥지만 누추하지 않다.

태평천하

나보다 나은 사람은 우러러 이를 사모하고, 나와 더불어 같은 사람은 아끼어 사귀며 서로 북돋워주고, 나에게 미치지 못하는 사람은 불쌍히 여겨 이를 가르쳐줄진대 천하는 마땅히 태평하게 되리라.

勝於我者, 仰而慕之, 與我同者, 愛而交相勖, 不及於我者, 憐而教之, 天下當太平矣.

사람들은 자꾸 거꾸로만 간다. 나보다 나은 사람을 보면 시기하고 질투하여 거꾸러뜨려야만 직성이 풀리고, 나와 같은 사람은 견제하고 헐뜯는다. 나만 못한 사람은 무시하고 경멸하며 예사로 짓밟는다. 그래서 천하에는 이런저런 아귀다툼이 끊일 날이 없다.

뒤끝

처사 예형禰衡이 북을 두드리며 조조를 꾸짖을 때에는 끓어오르는 마음으로 성내어 욕함을 통쾌히 하였으나 미워함이 지나치게 심하였다. 곽자의郭子儀가 애첩을 물리치고서 노기盧杞를 보았을 때 싸늘한 시선을 하고서도 억지로 웃으며 말하였으니 몸을 온전히 하고도 남음이 있다 하겠다.

禰處士擊鼓罵操, 熱心腸快忿罵, 嫉惡太甚, 郭令公屛姬見杞, 冷眼孔, 强笑語, 全身有餘.

혈기의 분노는 일시의 통쾌함이 있을 뿐 뒤이어 백일의 근심을 부를 뿐이다. 조조가 부름에도 응하지 않고 도도했던 예형을 북치는 고리鼓吏로 삼아 모욕을 주자, 그는 뭇사람이 보는 앞에서 조조의 잘못을 힐난하고 떠나갔다. 그러나 곽자의는 노기를 지극히 혐오했음에도 겉으로는 웃는 낯으로 대하였다. 한 사람은 그 분노로 제 목숨을 잃었고, 한 사람은 그 웃음으로 제 몸을 온전히 했다. 그러나 몸을 온전히 하기 위한 억지웃음과 불의를 견디지 못한 분노의 폭발 중 어느 것이 더 낫다고는 말하지 못할 것이다. 다만 그 놓인 형편이 같지 않았을 뿐이다. 그러나 무엇이든 지나친 것은 꼭 뒤끝이 좋지가 않다.

옛사람

객이 옛사람을 보지 못해 크게 한숨 쉬다가 곧이어 울기에 시험 삼아 먼저 왕유의 문집을 주고서 열흘간 재계하고서 깨끗한 방에서 읽어보게 하였다. 객이 뒤에 와서 환한 표정으로 말했다.

"내가 옛사람 왕마힐을 보았소."

"눈썹과 눈은 어떻게 생겼고, 귀밑머리는 어떠합디까?"

"벌써 아득히 잊었습니다."

조금 있다가 다시 말하였다.

"또 마음속에 또렷이 떠오릅니다."

마침내 내가 손을 저으며 말하였다.

"많은 말 할 것 없소. 내가 이미 알아들었소. 서수犀首 공손연公孫衍*이 비록 언변이 좋다 해도 능히 이를 말하지 못할 터이고, 호두虎頭 고개지顧愷之**가 비록 재주 있더라도 능히 그려내지 못할 것이오."

客有不見古人, 噓唏之甚, 繼之以泣. 試先贈王摩詰集, 使齋十日, 讀於淨室. 客後來粲然曰: "我見古人王摩詰矣." 曰: "眉眼如何? 鬢髮如何?" 曰: "已忽忽忘之矣." 少焉曰: "又了了心中矣." 遂搖手曰: "無多言. 吾已意會耳. 犀首雖辯, 不能言之也, 虎頭雖才, 不能畵之也."

옛사람과 만나는 길은 마음속으로만 나 있다. 정갈한 마음으로
정돈된 방에 앉아 그의 글을 소리내어 읽노라면, 그가 어느새 내 곁
에 앉아 있다. 그가 울고 있구나. 나도 울고 있다. 그가 빙그레 웃는
다. 내 마음도 그만 즐거워진다.

---

* 전국시대의 유세가. 진나라를 위해 유세하여 소진(蘇秦)의 합종책을 깨뜨렸다.
** 진나라 때의 화가.

기괴함과 멍청함

　봄산은 산뜻하고 여름산은 물방울이 뚝뚝 듣는 듯하며, 가을산은 비쩍 말라 보이고, 겨울산은 썰렁하다. 천고天鼓가 어느 산 어느 물의 정기를 풀무질하여 팽연촌彭淵村과 미불米芾을 태어나게 하여 오활함의 으뜸이 되고 미치광이의 우두머리가 되게 했는지 모르겠구나. 그 당시 사람들이 한번 그 눈썹과 수염을 접하고, 소리와 음성을 듣기만 하면 나는 벌처럼 밥알을 쏟고, 썩은 것을 당기듯이 갓끈이 끊어지며, 비웃는 소리가 와자지껄하여 수천 년 동안 끊이지 않았다. 지금까지도 몇 개의 푸른 등불과 밝은 창 아래서 깔깔대며 배를 잡는 자들이 몇이나 되는지 알지 못하겠다. 그러나 비웃을 수야 있어도 감히 욕하지는 못할 터이고, 아낄 수는 있어도 차마 해를 끼치지는 못하리라. 그 사람을 돌아보건대, 닭 한 마리 잡을 힘도 없었으니, 아무짝에 쓸모없는데도 오히려 이와 같은 것은 무엇 때문일까? 기심機心이 없었기 때문일 것이다.

　春山鮮鮮, 而夏山滴滴, 秋山癯癯, 而冬山栗栗. 而不知天鼓橐何山何水之氣, 孕出彭淵村米元章, 來爲迂之宗, 顚之魁. 當世之人, 一接其眉鬚, 承其聲音, 無不噴飯如飛蜂, 絶纓如拉朽, 笑聲啞啞, 數千年不絶. 不知今幾靑燈, 幾明窓, 胡盧絶倒者幾輩也.
然寧笑而不敢罵, 可愛而不忍害, 顧其人, 則力不能縛一鷄, 是無
用之物, 猶如此何也? 以其無機心也.

미불米芾은 세사에 얽매임이 없이 기괴한 행동을 잘하였다. 기이
한 돌을 보면 그 앞에 대고 절을 했다. 그래서 세상 사람들은 그를 '미
전米顚', 즉 미치광이 미불이라고 불렀다. 용모가 추하고 하는 일마다
멍청하여 사람들의 웃음거리가 되었던 팽연촌. 그러나 그들의 멍청
하고 기이한 행동이 이름을 얻으려고 작위적으로 한 것이 아닌 줄 알
기에 그들의 용모, 그들의 행동을 떠올리면 사람들은 웃고 또 웃지
만, 그 웃음은 비웃음이 아니라 애정이 담뿍 담긴 것이다. 계산된 멍
청함, 제게 불리한 것만 편리하게 잊어버리는 건망증, 우쭐함을 이기
지 못해 나오는 광망한 행동을 우리는 경멸한다.

사랑받는 사람

당인唐寅*은 봄 숲인가 가을 나무인가? 사람마다 막 세상에 나오면 이미 꾀꼬리가 우짖고, 매미가 매앰매앰 울 듯이 이미 그의 글을 알아 읊조린다. 무릇 지난 3백 년을 거쳐 지금까지도 그 남은 소리가 어여뻐 들을 만하다.

唐其春林秋樹乎? 人人纔墮地, 已解唅哹, 罵嚶嚶, 蟬嘒嘒. 凡徹三百年, 至于今, 餘音嬝娜可聽.

당백호唐伯虎는 시험 답안을 잘못 써서 귀양 가게 된 이후로는 벼슬길에 뜻을 두지 않고 방랑으로 한세상을 보냈다. 그림과 글씨에도 능하고, 시문에도 능했던 그를 사람들은 오중사재자吳中四才子의 한 사람으로 일컬어 사랑했다. 그의 이야기를 적은 소설 「당백호전」도 널리 읽혔다. 그는 도대체 어떤 이였길래, 이토록 오랫동안 사랑받는단 말인가? 그의 시를 읽으면 봄동산 숲을 거니는 것도 같고, 가을 잎 지는 나무 아래서 푸른 하늘을 올려다보는 것도 같다.

---

* 명나라 때의 화가, 문장가.

위선자

겉으로 가장하여 꾸미면서도 속에는 시기하고 속이려는 마음이 가득한 사람은, 아끼려 해도 한푼의 값어치가 없고, 미워하려 해도 또한 몽둥이 한 대 때릴 가치가 없다. 단지 그 거짓되이 구느라 수고로운 것만 불쌍히 여길 따름이다. 과실을 뉘우칠 것 같으면 한번 가르쳐볼 만하다.

外假飾而滿腔子猜詐, 愛之不直一文錢, 憎之亦不足費一棒打. 只憐其作僞甚勞, 如悔過堪一敎耳.

속으로는 시기하고 질투하며 남을 속여 먹으려는 마음으로 꽉 차 있으면서도, 겉으로는 점잖은 체 위선을 떠는 인간이 있다. 차라리 드러내놓고 못된 짓 하는 것보다 더 나쁘다. 이런 인간에게 마음을 쓰고 속을 끓일 하등의 이유가 없다. 두둔해줄 가치도 없다. 그저 제 풀에 제 본색이 드러나도록 내버려둘 뿐이다. 그러나 그가 마음으로 제 잘못을 뉘우칠진대, 나는 그를 끝까지 버리지 않으리라.

동심

어린아이가 거울을 보다가 깔깔대며 웃는다. 뒤쪽까지 터져서 그런 줄로만 알고 급히 거울 뒤쪽을 보지만 뒤쪽은 검을 뿐이다. 그러다가 또 깔깔 웃는다. 그러면서도 어째서 밝아지고 어째서 어두워지는지는 묻지 않는다. 묘하구나, 구애됨이 없으니 스승으로 삼을 만하다.

小孩兒窺鏡, 啞然而笑. 明知透底而然, 急看鏡背, 背黟矣. 又啞然而笑, 不問其何明何暗? 妙哉! 無礙. 堪爲師.

거울을 보니 제 얼굴이 비치므로 아이는 깜짝 놀라 거울 뒤편을 뒤집어본다. 저와 똑같은 아이가 그 속에 있을까 싶어서다. 그러나 거울 뒷면에는 방금 전 그 꼬마가 간데없이 사라지고 없다. 참으로 신기한 요술이구나. 여기 있던 내가 금세 어디로 간 것일까? 아이는 제 모습이 보인다고 웃고, 보이지 않으니 그것도 신기하다. 왜 보이고 보이지 않는지는 조금도 궁금하지가 않다. 이치를 따져 이러니저러니 하고 옳네 그르네 하는 것은 똑똑한 어른들이나 하는 짓이다. 그저 즐겁고 기쁘기만 한 그 동심의 세계를 나는 스승 삼고자 한다.

가을밤

하늘을 올려다보면 별빛이 쏟아지고, 땅에 귀를 기울이면 벌레 소리 가득하다. 나는 별빛과 벌레 소리 가운데서 등불을 켜 들고서 굴원의 「이소離騷」를 읽으면서 가을 기운을 덜어본다.

眺天則星光寫, 聆地則蟲音滿. 李子張燈於星光蟲音之中, 讀楚國之騷, 以洩秋氣.

가을밤 깊은 심연 같은 하늘 위에 미리내의 고운 별빛이 쏟아질 듯 흘러간다. 가만히 귀를 기울이면 천지엔 벌레 소리뿐이다. 쏟아지는 별빛 아래 벌레 소리를 들으며 나는 이 밤 굴원의 「이소」를 꺼내 읽는다. 그러면 그의 안타깝고 강개한 마음이 뜨겁게 되살아나 가을밤의 한기를 덜어준다. 그날 내걸린 등불 아래 낯빛 창백한 이덕무의 얼굴이 떠오른다.

거미

여름날 저녁, 콩꽃이 피어난 울타리 가를 거닐다 거뭇한 거미가 실 뽑는 것을 구경하고 있노라니까 오묘한 깨달음이 부처와도 통할 수 있을 것 같았다. 실을 뽑아내고 또 그 실을 깁는데 다리 움직이는 방법이 영롱하였다. 때때로 멈칫대며 의심하는 듯하다가, 때로 획 내닫기도 하는 것이 마치도 보리 모종하는 사람의 발뒤꿈치도 같고 거문고를 퉁기는 손가락 같기도 하였다.

暑月之夕, 步茞花籬畔, 玩瓦色蛛結絲, 妙悟可以通佛. 産絲汲絲, 股法玲瓏. 有時遲疑, 有時揮霍, 大略如蒔麥之踵, 按琴之指.

콩꽃이 핀 여름 울타리 가에서 집을 짓고 있는 거미를 보았다. 쉴 새없이 실을 뱉어내면서 또 그 실을 제 발로 얽어 그물을 짜는데 그 솜씨가 참으로 오묘하였다. 그 온전한 몰두를 지켜보고 있자니 나 또한 금새 묘오妙悟를 발하여 부처가 될 수 있을 것만 같았다. 가다 가 거미가 멈칫 멈출 때는 보리 모종하는 사람이 심은 모종을 뒤꿈 치로 지긋이 돌려 밟는 것도 같고, 종종거리며 줄을 타고 내려갈 때 는 마치 거문고 줄을 따라 오르내리는 탄력 있는 연주자의 손가락과 같다. 나는 거미를 보고서 거문고 연주하는 도리를 깨달았다.

가슴속 물건

　간사한 사람의 가슴속에는 마름쇠 한 곡斛이 들어 있고, 속된 사람의 마음 안에는 켜켜이 앉은 때가 한 곡이나 들어 있다. 맑은 선비의 가슴 안에는 얼음이 한 곡 들어 있다. 강개한 선비의 가슴속에는 온통 가을 빛깔의 눈물뿐이다. 기이한 선비의 마음속에는 심장과 폐가 들쭉날쭉 모두 대나무와 바위를 이루고 있고, 대인의 가슴속은 텅 비어 아무 물건도 없다.

　壬人胸中, 有鐵蒺藜一斛, 俗人胸中, 有垢一斛, 淸士胸中, 有氷
　一斛, 慷慨士胸中, 都是秋色裏淚, 奇士胸中, 心肺槎枒盡成竹
　石, 大人胸中, 坦然無物.

　가슴속에 뾰족한 마름쇠를 품고 사는 사람이 있고, 더러운 때가 잔뜩 끼어 있는 사람이 있다. 얼음처럼 맑은 사람, 비분강개의 눈물이 가득 찬 사람, 대나무와 돌을 품고 사는 사람도 있다. 그러나 정말로 큰 그릇의 사람은 가슴을 열어보면 텅 비어 아무것도 없다.

어리숙함과 거만함

미불米芾은 돌을 보고 절을 올렸고, 반곡潘谷*은 이정규李廷珪가 만든 먹을 보고 절을 올렸다. 역이기酈食其**는 유방에게 절하지 않았고, 도연명은 관장에게 허리를 굽히지 않았다. 절하지 말아야 할 데에 절을 하게 되면 어리석기 짝이 없는 바보이고, 절해야 할 곳에서 절하지 않음은 한몸이 너무 거만하기 때문이다.

米芾拜石, 潘谷拜李廷珪墨. 酈生不拜沛公, 淵明不拜官長. 不當拜而拜, 滿肚全痴, 當拜而不拜, 一身都傲.

여자에게 발을 씻기며 자신을 맞이하자 역이기는 장자를 대하는 예의가 아니라며 유방에게 절하지 않았다. 다섯 말 곡식에 허리 굽히지 않겠다며 도연명은 「귀거래사」를 읊조리고 사표를 던졌다. 화가요 서예가였던 미불은 괴석을 보면 저도 모르게 큰절을 올렸다. 먹 만드는 장인 반곡은 이정규가 만든 훌륭한 먹을 보고 역시 절을

---

* 송나라 때의 묵공(墨工).
** 한나라 때의 유세가. 세치 혀로 제나라의 70여 성을 항복시켰다.

올렸다. 돌과 먹에 절한 미불과 반곡의 그 천연스런 어리숙함, 윗사람 앞에서도 고개를 빳빳이 세웠던 역이기와 도연명의 어리숙한 거만함. 그런데도 사람들은 왜 그들을 부러워하는가?

사흘간

옛날과 지금은 큰 순식간이고, 아주 짧은 시간도 작은 옛날과 지금이랄 수 있겠다. 순식간이 쌓여 어느새 고금이 된다. 또 어제와 오늘과 내일은 쳇바퀴 돌 듯 억만 번 교체되어도 늘상 새롭다. 이 가운데 나서 이 속에서 늙으니 군자는 어제와 오늘, 내일의 사흘을 염두에 두는 것이다.

一古一今, 大瞬大息, 一瞬一息, 小古小今. 瞬息之積, 居然爲古今. 又昨日今日明日, 輪遞萬億, 新新不已. 生於此中, 老於此中, 故君子着念此三日.

아득한 옛날도 생각하기에 따라 순식간일 뿐이고, 잠깐의 시간도 마음먹기에 따라 아득한 옛날로 될 수 있다. 어제와 오늘과 내일은 순식간에 지나가버린다. 그러나 그 순식간이 쌓여 세월의 켜가 앉는다. 어제의 홍안은 어느새 백발이 되고, 오늘의 백발이 내일엔 흙으로 돌아간다. 그러니 오늘을 소홀히 할 수 있으랴. 일신우일신日新又日新 하는 묘결이 바로 이 '사흘'에 달려 있다.

점철과 미봉

눈썹은 두 움큼의 털일 뿐이다. 듣지도 말하지도 않는다. 그저 사람의 눈 위에 덧붙어서 단지 사람을 생색나게 할 뿐이다. 꼬리는 한 덩어리의 고깃덩이일 뿐이다. 뛰지도 못하고 물지도 못한다. 짐승의 꽁무니 뒤에 드리워져 다만 짐승의 부끄러운 곳을 감출 따름이다. 그러고 보니 조물주에게도 또한 점철법과 미봉법이 있는 게로구나.

眉兩撮毛耳. 不可聽不可言. 添於人眼上, 只爲人生色也. 尾一把肉耳. 不可躍, 不可齧. 垂於獸尻後, 只爲獸藏拙也. 然則化翁亦有點綴法彌縫法.

조그만 것을 덧대었는데도 크게 생색이 나니 이를 일러 점철법이라고 한다. 없으면 허전하여 우선 급한 대로 막고 가려주니 미봉법이라고 한다. 눈썹이 없고 보니 그 모양이 우습고, 꼬리가 없으면 항문과 생식기가 훤히 들여다 보인다. 눈썹만으로는, 꼬리만으로는 아무짝에도 쓸모가 없지만, 저 있을 데에 놓이고 보니 없어서는 안 될 것이 되었다.

망령된 생각

매번 글 한 편 시 한 수를 짓고는 때로 사랑스러워 부처님 뱃속에다가 간직해두고 싶을 때가 있다. 어떨 땐 미워서 그것에다 쥐오줌이나 받았으면 싶기도 하다. 망령된 생각이 마음을 어지럽히지 않음이 없구나.

每做一文一詩, 有時而愛, 欲藏佛腹, 有時而憎, 欲承鼠溺, 莫非妄想擾亂之.

부처님 뱃속에 복장품으로 넣었다가 한 5백 년쯤 뒤에 누군가가 그것들을 꺼내 말릴 때 내 글을 보게 되면 무슨 말을 할까? "아! 그때에도 이런 생각을 한 사람이 있었구나!" 하고 환해지는 그 표정을 보고 싶다. 그렇지만 어떨 땐 내가 썼는데도 그 몰골이 쳐다보기가 싫어 아무도 못 보게 찢어버렸으면 싶기도 하다. 글 한 편 시 한 수 가지고 별생각을 다 하는구나. 망령된 생각이로다.

호연지기

    일이 마음먹은 대로 되더라도 단지 그저 넘기고, 일이 뜻 같지 않게 되더라도 다만 그렇게 지나칠 뿐이다. 그렇지만 찜찜해하며 넘기는 것과 기분 좋게 지나가는 것이 있다.

    事到如意, 只一遣字, 事到不如意, 亦一遣字. 然有逆遣順遣.

    오랫동안 준비해온 일들이 신기하게 마음먹은 대로 이루어졌다고 해서 경망스레 환호작약할 일이 아니다. 사람이 가벼워 보인다. 반대로 마음먹은 대로 일이 되지 않았다 하여 분노를 품고 남을 원망하는 것도 군자의 행동은 아니다. 그저 아무 일도 없던 것처럼 웃고 털어버릴 일이다. 나는 이미 그 일에 심력을 다 기울이지 않았던가? 일은 사람 손에 달려 있지만 성사되고 안 되고는 하늘에 달린 것이다. 홀홀 털어버리는 데도 차원이 있다. 속으로 화를 삭이지 못하면서 겉으로만 짐짓 태연한 체하는 경우가 있고, 마음을 열어 깨끗이 승복하는 경우가 있다.

냉수 한 사발

망령된 사람과 더불어 논쟁하는 것은 얼음물 한 사발을 들이켬만 못하다.

與妄人辨, 不如喫氷水一碗.

말이 통하지 않는 종류의 인간들이 있다. 그들은 제 할말만 하려 들 뿐 남의 말은 아예 들으려 하지 않는다. 앞뒤가 꽉 막혀 입만 있고 귀는 없다. 이런 광망한 인간을 상대해 대화하느니, 차라리 냉수 한 사발 마시고 속 차리는 편이 낫다. 구제불능의 인간들이다.

책 읽는 마음가짐

글을 읽었다면서도 시정을 향한 마음을 지녔다면, 시정에 있으면서 능히 글을 읽느니만 못하다.

讀書而有市井之心, 不如市井而能讀書也.

책을 앞에 두고는 있지만 마음은 콩밭에 가 있는 사람들이 있다. 이런 종류의 인간은 책을 읽기 전에 어디에 써먹을까부터 궁리한다. 몸은 산속에 있어도 그의 마음은 시정잡배와 다를 바 없다. 차라리 티끌 세상에서 이리저리 부대끼며 살아가더라도, 마음을 가지런히 하고서 책 읽을 여유를 가진 사람을 나는 군자라고 하겠다.

마음의 눈

꾸역꾸역 밥 먹고 쿨쿨 잠자며, 깔깔대며 웃고, 땔나무를 해다 팔고, 보리나 김매며, 얼굴은 새까맣게 탄 사람일지라도 천기天機가 천근하지 않다면 내가 장차 그와 사귈 것이다.

頓頓飯, 昏昏睡, 呵呵笑, 販薪鋤麥, 面如漆, 天機不淺, 吾將爲交.

무지렁이 농사꾼의 검게 탄 얼굴, 그가 하는 일이 천하고 하는 행동은 가볍다 해도, 사물을 대하는 마음의 눈이 열려 있다면 나는 그를 기꺼이 친구로 삼겠다. 늘 고상한 말만 하고, 고고한 체 살아가는 사람도 사물과 만날 수 있는 맑은 눈이 없다면 그는 속물과 다름없다. 나는 그런 이에게 조금도 관심이 가질 않는다.

큰 완성

분수를 지켜 편안해하고, 그때그때 즐거워하며, 욕됨을 참고서 너그러울 수 있다면 이를 일러 대완大完이라고 한다.

守分而安, 遇境而歡, 耐辱而寬, 是謂大完.

분수를 지키기가 참 어렵다. 처한 상황마다 만족하기란 더 어렵다. 남이 나를 모욕하는데 내가 그를 보듬어안자면 큰 인내가 필요하다. 분수를 지키면 편안해지고, 상황에 만족하니 즐거움이 있다. 남이 나를 모욕해도 내가 너그러운 마음을 품으니 인생이 참으로 즐겁다. 그런데 사람들은 자꾸 반대로 한다. 과분한 일을 서슴지 않고, 있는 데서 더 바라며, 남의 잘못을 감싸안지 못한다. 모든 다툼이 여기서 일어난다.

이목구심서 耳目口心書

어머니

　한 해 동안의 일을 가만히 헤아려보면 파초로 덮어 감춰둔 살진 사슴을 찾지 못한 것같이 여름 구름보다 기이한 변화가 심하고, 한 사람의 일을 곰곰이 따져보면 느티나무에 기대 작은 개미나라를 꿈꾼 것처럼, 가을 파도보다 아마득함이 크다. 그러니 하물며 백년의 일이 원만하여 아무 부족한 것이 없고, 만 사람의 일이 가지런하여 차별이 없는 것을 얻을 수가 있겠는가? 갑신년 섣달 그믐날에 내가 시를 지었다.

　세상 사람 하는 대로 덕담을 하고
　사람 만나 웃는 얼굴 축하를 하지.
　소자가 바라는 바 무엇이던가
　어머님의 폐병이 낫는 것일세.

　폐병이란 것은 기침병이다. 지금도 슬픈 생각에 고요히 귀기울이면 어머니의 기침 소리가 은은히 여태도 귀에 들려온다. 황홀하게 사방을 둘러봐도 기침하는 내 어머니의 그림자는 또한 볼 수가 없다. 이에 눈물이 솟구쳐 얼굴을 적신다. 등불에게 물어봐도 등불은 말이 없는 것을 어이하리. 또 말하였다.

> 큰누이 흰떡을 찌고
> 작은누이 붉은 치마 다림질하네.
> 어린 동생 형님에게 절을 올리고
> 형님은 어머니께 절을 올리지.

이제 큰누이는 시집을 가서 한창 집 생각에 눈물을 떨구며 몰래 울 테고, 작은누이는 치마를 입다가 눈물을 적셔 아롱아롱 얼룩이 진다. 이제 어린 동생을 데리고 사당에서 두 번 절하고 곡하니, 비록 큰소리로 어머니를 외쳐 부르려 해도, 어머니는 아마득히 대답이 없으시다.

一年之事細第, 則大蕉肥鹿, 劇奇變於夏雲, 一人之事暗記, 則荒槐纖蟷, 太幻弄於秋濤. 而況百年之事, 圓而無缺, 萬人之事, 齊而無差, 其可得乎? 余甲申除日, 有詩曰: "吉語任俗爲, 笑顔逢人祝. 小子何所願, 慈母肺病釋." 肺病者咳喘也. 于今悲思而靜聽,

則吾母之咳喘, 隱隱尙在于耳也. 怳惚而四瞻, 則咳喘之吾母影,
亦不可覿矣. 於是淚湧而面可浴也. 問諸燈, 奈燈不語何. 又曰:
"大妹炊白餠, 小妹熨茜裳. 稚弟拜阿兄, 阿兄拜阿孃." 今也, 大妹
歸于夫家, 正應思家, 而彈淚暗啼矣, 小妹衣裙淚漬而斑斑. 余携
稚弟, 再拜哭于祠, 雖欲疾聲而喚阿孃, 阿孃其漠然而無應矣.

사람 사는 한평생이 잠깐 허공 위로 지나가는 구름과 같다. 효도
할 날은 너무도 짧고 가슴 아픈 날은 길기만 하다. 곁에 계실 땐 이
런저런 일들 때문에 마음 다하지 못하고, 그렇게 훌쩍 떠나신 뒤에
야 가슴을 치며 아파한다. 마음을 다해 모셔도 후회가 남는데, 그러
지도 못한 우리네 마음이야 어떠하랴.

사람은 무엇으로 사는가

바야흐로 이경인지 삼경인가 싶은데 대문을 마주한 이웃집에서 떠들썩 웃는 소리가 멀리서 이따금씩 들려왔다. 매운 바람에 눈가루가 날려 창틈에서 곧바로 등불 그림자까지 이르고, 펄럭이며 벼루 위로도 떨어졌다. 나는 이때 옛날을 감상感傷하는 마음이 너무도 구슬프고 절실하였기에 다만 손가락 끝으로 뜻 가는 대로 화로의 재에다 글씨를 썼다. 모나고 반듯한 것은 전서篆書나 주서籒書와 비슷했고, 얽히고설킨 것은 행서나 초서에 가까웠다. 나는 넋 놓고 바라보며 마침내 그것이 무슨 글자인지를 알지 못하였다.

갑자기 눈썹 언저리가 돌같이 무거워왔다. 혼자서 불빛에 비친 얼굴 그림자를 보니 무너질 듯 기우숙하였다. 이에 다시금 엄숙하게 옷깃을 바로하고 똑바로 앉아서 자세를 가다듬었다. 한동안 붙박인 듯 집의 들보를 우러러보았다. 그러자 옛사람의 고결한 행실과 바른 절개가 역력히 떠오르는 것이었다. 나는 개연히 말하였다. "명절名節을 세울 수만 있다면 비록 바람서리가 휩몰아치고 거센 파도에 휩쓸려 죽게 된다 할지라도 후회하지 않으리라. 또 인간 세상의 쌀과 소금 따위 자질구레하게 사람을 얽어매는 것들은 훌훌 벗어던져 깨끗이 마음에 두지 않겠다."

어린 동생은 아무것도 모르고 이불에 누웠는데, 자는 소리가 쌔근 쌔근하여 매우 편안하니 상쾌하였다. 내가 이에 문득 평平과 불평不平 중 어느 것이 더 나은가를 깨달았다. 그제야 눈썹을 내리깔고 손을 모으고『논어』서너 장을 읽었다. 그 소리가 처음에는 막혀 껄끄럽다가 나중에는 화평하게 되었다. 가슴속에 가득 차오르던 것이 그 소리에 점점 가라앉더니, 답답하던 기운이 비로소 내려앉고, 정신이 맑고도 시원해졌다. 중니仲尼는 도대체 어떤 사람이기에 온화하고 화평한 말기운으로 나로 하여금 거친 마음을 떨쳐내어 말끔히 없어지게 하고, 평정한 마음에 이르게 한단 말인가? 공자가 아니었더라면 나는 거의 발광하여 뛰쳐나갈 뻔하였다. 앞서 한 일을 생각해보니 아마득하기 마치 꿈속만 같다. 을유년(1765, 25세) 12월 7일에 쓴다.

方二更三更, 對門隣舍, 喧笑之聲, 遠遠時聞. 而急風吹雪片, 從窓隙直赴燈影, 翻翻然墜于硯也. 余時感舊之心正悲切, 只將指尖隨意而畫爐灰. 方正者或肖于篆籀, 繆結者或近于行草. 余脉脉終不知其爲何字也. 忽眉稜如石, 自顧頹影, 頹然委頓. 時復肅然整襟, 危坐而致敬. 少焉凝然仰視屋樑. 於是古人之瓊行危節,

歷歷從思想來. 慨然曰: "名節可立, 雖振撼風霜, 閱歷濤波, 九于
死而罔悔也. 且人間米鹽零碎諸掛胃之物, 庶超脫而淨盡. 稚弟
也, 則無知而偃于衾. 睡聲怡儍, 甚自得也, 快哉. 余廼幡然而悟
平與不平孰愈. 始低眉拱手, 讀論語三四章. 其聲也, 初咽澀而終
和平. 胸中澎湃, 有嗚嗚漸微, 鬱嵂之氣始按下, 神思淸明洒落.
仲尼何人也, 雍穆和悅之詞氣, 使余矗心剗落銷磨, 廼抵于平. 非
夫子, 我幾發狂走. 思前之爲, 則遙如夢也. 乙酉十二月初七日書.

그는 미쳐 발광할 뻔했다고 적었다. 따뜻한 이웃집에선 떠들며 웃
는 소리가 들려오는데, 내 방에는 벼루 위에까지 눈보라를 불어오는
매운 바람 소리뿐이다. 사람은 무엇으로 사는가? 너무도 절절한 물
음에 그는 그만 허망하여 다 식은 화로 위에 뜻 모를 낙서만 하고 있
다. 돌아보면 퀭한 눈으로 볼이 우묵 들어간 한 사내가 있을 뿐이다.

아! 어린 동생은 추운 줄도 모르고 이불 속에서 쌔근쌔근 곤한 잠
을 자고 있구나. 나의 이 불평한 마음으로 어린 아우의 저 평온을 보
니 오히려 부끄럽다. 『논어』를 펼쳐 읽는다. 목이 메인 듯 꺽꺽대던
소리에 조금씩 가락이 붙는다. 그제야 미쳐 날뛰던 불평의 기운은 차

츰 가라앉고, 옛사람의 고결한 행실과 바른 절개가 역력히 떠올라,
어떤 환난에도 꺾이지 않을 호연한 기상이 생겨나는 것이었다.

경계로 삼을 일

어떤 사람이 나를 경계하여 이렇게 말했다.

"옛날부터 한 가지 작은 기예를 지니게 되면 눈 아래 뵈는 사람이 없게 되고, 한쪽으로 치우친 견해를 자신하면 점점 남을 업신여기는 마음이 생겨나서 작게는 욕설이 몸에 모여들고, 크게는 재앙과 환난이 뒤따르게 되네. 이제 그대가 날마다 문자의 사이에다 마음을 두고 있으니 남을 업신여길 거리를 만들려 힘쓰는 겐가?"

내가 손을 모으며 말했다.

"감히 경계로 삼지 않겠는가?"

人有戒余曰: "終古挾一小技, 始眼下虛無人, 自信一偏之見, 漸
有凌人之心. 小則罵詈叢身, 大則禍患隨之. 今子日留心於文字
之間, 務爲凌人之資耶?" 余斂手曰: "敢不戒."

알량한 재주를 믿고 함부로 날뛰지 마라. 얄팍한 지식을 과신하지 마라. 어정쩡한 식견은 남을 다치게 하고 나를 다치게 한다. 학문하는 일이 교만을 가져온다면 차라리 몰라서 겸손한 것이 낫다.

한서 이불과 논어 병풍

지난 경진년과 신사년 겨울의 일이다. 내가 거처하던 작은 띳집이 몹시 추웠다. 입김을 불면 서려서 성에가 되곤 해, 이불깃에서 버석버석하는 소리가 났다. 내 게으른 성품으로도 한밤중에 일어나 창졸간에 『한서』 한 질을 가지고 이불 위에 죽 늘어놓아, 조금이나마 추위의 위세를 누그러뜨렸다. 이것이 아니었더라면 거의 얼어죽은 진사도陳師道*의 귀신이 될 뻔하였다.

간밤에도 집 서북편 모서리로 매서운 바람이 쏘듯이 들어와 등불이 몹시 다급하게 흔들렸다. 한동안 생각하다가 『논어』 한 권을 뽑아 세워 바람을 막고는 혼자서 그 경제經濟의 수단을 뽐내었다. 옛사람이 갈대꽃으로 이불을 만든 것은 기이함을 좋아함이라 하겠거니와, 또 금은으로 새 짐승의 상서로운 상징을 새겨 병풍으로 만드는 것은 너무 사치스러워 족히 부러워할 것이 못 된다. 어찌 내 『한서』 이불과 『논어』 병풍이 창졸간에 한 것임에도 반드시 경사經史를 가지고 한 것만 같겠는가? 또한 한나라 왕장王章이 쇠덕석을 덮고 누웠던 것이나, 두보가 말안장을 깔고 잔 것보다야 낫다 할 것이다. 을유년 겨울 11월 28일에 적다.

往在庚辰辛巳冬, 余小茅茨太冷, 噓氣蟠成氷花, 衾領簌簌有聲.
以余懶性, 夜牛起, 倉卒以漢書一帙, 鱗次加於衾上, 少抵寒威.
非此幾爲后山之鬼. 昨夜屋西北隅, 毒風射入, 掀燈甚急. 思移
時, 抽魯論一卷立障之. 自詫其經濟手段. 古人以蘆花爲衾是好
奇, 又有以金銀鏤禽獸瑞應爲屛者太侈, 不足慕也. 何如我漢書
衾魯論屛, 造次必於經史者乎? 亦勝於王章之臥牛衣, 杜甫之設
馬韀也. 乙酉冬十一月二十有八日記.

초가집이 통째로 얼어붙는 엄동설한에 『한서』이불과 『논어』병
풍으로 겨우 얼어죽기를 면하고는, 곧 죽어도 다른 책이 아닌 경사
를 가지고 목숨을 부지하였노라고 호기를 부렸다. 송나라 때 진사
도는 추운 날 솜옷이 없어 여름옷을 입고 교사郊祀에 참여하였다
가 한질寒疾에 걸려 세상을 떠났다. 한나라 때 왕장은 장안長安에서
공부할 적에 병을 앓아누웠으나 이불조차 없었기에 소의 등에나 덮
는 멍석을 덮고서 자기를 알아주지 않는 세상을 향해 엉엉 울었다.
두보도 길을 가다가 한둔하게 되었을 때, 덮을 것이 없어 말안장을
덮고 잠을 청한 적이 있다. 그래도 나는 이들보다는 낫구나. 하지만

그 말끝에 슬픔이 묻어난다.

---

* 송나라 때의 시인. 시 창작에 괴롭게 몰두한 것으로 유명하다.

달가루

어린 동생 정대鼎大가 이제 막 아홉 살인데 타고난 성품이 몹시 노둔하였다. 갑자기 말하기를,

"귀 속에서 쟁글쟁글 울리는 소리가 난다"

고 하므로, 내가 물었다.

"그래 그 소리가 무슨 물건과 비슷하더냐?"

"그 소리는 별같이 동글동글해서 눈으로 보아 잡을 수 있을 것만 같아요."

내가 웃으며 말했다.

"형상을 가지고 소리를 비유하니, 이는 어린아이가 말없는 가운데 타고난 지혜이다. 옛날에 한 어린아이가 별을 보더니만 '저건 달가루예요'라고 하였다. 이같은 말은 곱고도 예뻐서 속된 기운을 벗어났으니, 세속에 찌든 사람이 감히 말할 수 있는 바가 아니다."

稚弟鼎大方九歲, 性植甚鈍. 忽曰: "耳中鳴錚錚." 余問: "其聲似何物?" 曰: "其聲也團然如星, 若可覩而拾也." 余笑曰: "以形比聲, 此小兒不言中根天慧識. 古有一小兒, 見星曰: '彼月屑也.' 此等語妍鮮, 超脫塵氣, 非酸腐所敢道."

귀속에 난 이명耳鳴을 별처럼 동글동글하다고 표현해내는 것은 그 마음이 천진하기 때문이다. 별을 보고 달빛이 공중에 가루로 흩어졌다고 표현할 수 있음은 그 마음이 깨끗해서다. 상관없어 보이는 사물들이 어린아이의 천진스런 마음을 통해 한자리에서 만난다. 어른들은 생각지도 못할 상상력을 그들은 깜찍하게 표현해낸다. 나도 언젠가는 지녔을 그 마음이 지금은 어디로 갔을까?

돈 쓸 궁리

예전에 두세 벗들과 장난삼아 돈과 재물을 가지고 뜻을 말해본 일이 있었다. 내게 묻기를,

"자네가 만약 10만 관의 돈을 얻는다면 마땅히 어떻게 베풀어 쓸 텐가?"

하므로, 내가 대답하였다.

"어려울 게 무에 있나? 절반은 비옥한 밭을 사겠네. 그 나머지는 범중엄范仲淹*이 의전義田을 만들어 가난한 친척을 돌봐준 예를 따라 내외 친척 중에 가난하여 굶는 자에게 주겠네. 또 그 나머지는 친구나 일체 타인을 막론하고, 혼례를 치르거나 상을 당하거나 굶주리고 추운 자, 질병에 걸리고 환난을 만난 자가 있으면 나누어서 베풀어주려네. 또 그 나머지로는 책 수만 권을 소장하여 어질고 똑똑하면서 배우기를 좋아하는 사람에게 빌려주겠네. 절반으로 밭을 사겠다는 것은 그 재물을 일굼이 끊어지지 않음을 말한 것일세. 정부여! 내 말이 어떠한가?"

정부가 말했다.

"아름답구나! 말한 바가 정연히 차례가 있구만그래. 이같은 일은 양주楊朱나 묵적墨翟처럼 지극히 이기적이거나 이타적인 데로 흐르

기가 매우 쉬운데, 이것은 그렇지가 않네그려."

昔有二三友生, 戲以錢財言志. 問於余曰: "子若得十萬貫, 當何以
鋪置?" 答曰: "何難之有? 太半買沃田, 其餘依范文正義庄, 以給
內外族黨之貧餓者, 又其餘無論親舊與一切它人, 有婚喪飢寒疾
病患難者, 散而施之. 又其餘藏書數萬卷, 以借賢僑之好學者. 其
買田太半者, 以其生財不渴之謂也. 正夫乎! 余言何如哉?" 正夫
曰: "美哉! 所言井井有次第. 此等事入於楊墨甚易, 此則不然也."

돈 한푼도 없는 가난한 서생들이 앉아 별 궁리를 다했다. 복권에
1등으로 당첨되면 나는 무엇을 할까? 우선 지금 사는 곳보다 평수
가 훨씬 넓고 전망 좋은 동네 아파트로 이사를 해야겠지? 서재도 근
사하게 꾸며 원목으로 된 책장을 맞추고…… 혼자만 쓰기 좀 미안
하니까, 형제들에게도 좀 인심을 써야지. 그러고 나면 오히려 돈이
조금 모자라겠구나. 아! 한심하다.

---

* 송나라 때의 학사, 정치가. 시호는 문정공(文正公).

단발령

심계가 말했다.

"제가 일전에 양주에서 오는데 말구종꾼이 회양 사람이었습니다. 그래서 '너 금강산을 보았더냐?' 하고 물었더니, '비록 보기는 했습지요. 어리석은 백성이 어찌 경물의 운치야 알겠습니까요. 그런데 처음 단발령에 올라 갑자기 흰 봉우리가 뽀죽이 솟은 것을 보자 속마음으로 혼자 이후부터는 비록 터럭 하나의 일이라도 어찌 남을 속일 수 있겠는가고 맹서하였더랍니다. 가면 갈수록 일생의 욕심스런 생각이 깨끗이 스러지는 게 아닙니까. 그런데 놀고 나서 돌아와 다시 단발령에 오르자, 남을 속이는 마음과 욕심 사나운 생각 들이 다시 예전대로 되었습지요'라고 합디다."

내가 말했다.

"알 만하이. 비록 어리석은 백성이라 하더라도 그 본심이야 어찌 악하겠는가. 다만 보고 느끼는 것이 어떠한가에 달린 것일 뿐일세그려."

心溪曰: "余日前從楊州來, 牽馬僕卽淮陽人也. 問曰: '汝見金剛山乎?' 曰: '雖見之, 愚氓安知景趣. 然始登斷髮嶺, 則忽然白峯矗出, 中心自誓以爲自今以後, 雖一毫事, 豈可欺人哉! 愈往而

一生慾念淨盡. 旣遊而歸, 復登斷髮嶺, 則欺人之心與慾念, 復依
舊云矣.'"余曰: "可知. 雖愚下之民, 其本心豈惡哉? 但在觀感之
如何耳."

나도 단발령에 올라가, 잘난 체하는 마음, 나 아니면 안 된다는 생
각, 저만 옳고 다른 사람은 다 문제 있다는 마음보를 훌훌 털어 다
내던지고 왔으면 좋겠다. 그 위에서 실컷 울고 웃다 왔으면 좋겠다.
내 마음속에 단발령 하나를 들여두고 거울 보듯 그렇게 살았으면
좋겠다.

문장

심계가 등불 아래서 내 여러 필기와 잡설을 읽더니 말했다.

"스스로 얻은 곳이 몹시 많으니 결단코 속된 사람이 아니올시다."

내가 웃으며 말했다.

"자네가 나를 아는 것이 내가 자신을 아는 것보다 낫군그래. 나는 참된 정을 그려내는 것에 힘을 쏟으니 가슴 사이의 일이 아님이 없을 뿐일세. 대저 문장이란 골수로 스며들어야 좋다 할 수 있을 뿐일세. 옛사람이 '지혜로운 자와 더불어 말할 수는 있어도 속인과는 더불어 말할 수가 없다'고 했는데, 내가 늘상 이 말이 너무 박절하여 충후한 뜻이 없는 것을 의심하였었지. 요즘에야 조금씩 이 말이 어쩔 수 없어 한 말임을 깨닫게 되네. 자네의 문장은 잘못된 점이 없지 않네만, 나는 그 진정이 흘러넘치는 것을 아껴 늘 좋게 보는 것일세."

心溪燈下讀余諸筆記雜說, 曰: "自得處甚多, 決非俗人也." 余笑曰: "心溪知我, 勝我自知. 余以寫出眞情爲務, 無非胸臆間事耳. 夫文章, 沁入骨髓, 可好耳. 古人云: '可與知者道, 不可與俗人語.' 余每疑此語甚薄而無忠厚意. 近日漸覺此語不得已也. 君之文章, 不無疵處, 余愛其眞情流出, 每多之也."

바싹 마른 스펀지에 물이 배어들듯 읽는 이의 뇌리에 쏙쏙 스며드는 글은 어떤 글일까? 마음속에서 떠오르는 참된 정을 꾸밈없이 담으면 된다. 그냥 담기만 하면 될까? 그것이 정말 참된 정일진대, 지혜로운 사람은 단박에 그것을 알아보리라. 속된 사람이야 애초에 마음의 눈이 닫혀 있으니, 그것이 어떤 글이래도 마음에 와닿을 까닭이 없다. 문장이 조금 서툰 것은 봐줄 수 있지만, 가짜를 진짜라고 우기는 것은 용납할 수가 없다.

절굿공이

내가 이웃집 늙은이가 쌀을 빻아 가루를 내는 것을 가만히 보다가 탄식하며 말하였다.

"쇠절굿공이는 천하에 지극히 굳센 것이고, 젖은 쌀은 천하에 지극히 부드러운 것이다. 지극히 굳센 것을 가지고 지극히 부드러운 것을 짓찧으니, 얼마 안 되어 고운 가루가 되는 것은 필연의 형세이다. 그러나 쇠절굿공이도 오래되면 닳아, 깎여서 작아지지 않음이 없다. 이로써 통쾌하게 이기는 자는 반드시 남모르게 손실됨이 있음을 알게 되었다. 굳세고 강한 자가 크게 제멋대로 함은 믿을 수 없는 것이 아니겠는가?

余靜觀隣叟搗米爲屑, 而歎曰: "鐵杵天下之至剛者也. 濡米天下之至柔者也. 以至剛撞至柔, 不須臾而爲纖塵, 必然之勢也. 然鐵杵老, 則莫不耗而挫矮. 是知快勝者必有暗損. 剛强之大肆, 其不可恃乎."

쇠절굿공이로 불린 쌀을 빻으니 금세 가루로 변해버린다. 그렇지만 절굿공이도 알게 모르게 줄어듦이 있다. 칼을 가는 숫돌도 날마

다 조금씩 작아지고, 낙숫물이 돌을 뚫는다. 저의 강하고 굳센 것만
을 믿고 함부로 날뛰지 마라. 그 소모됨이 비록 당장에 보이지는 않
아도 마침내는 쓸모없이 되어 버려질 날이 오게 된다. 알량한 제힘
만 믿고 함부로 나대는 자들은 명심할 일이다.

꿈

내가 말했다.

"요즘 이따금 꿈속에서 기이한 책을 보고는 기뻐하다가 깨고 나서는 애석해하곤 하니, 어째서일까?"

심계가 말했다.

"낮에 생각하는 것이 밤에 반드시 꿈으로 나타나는 법인데, 형암의 일생 동안의 마음이 책에 있는 까닭일 뿐이지요. 저는 기이한 책을 꾸는 꿈은 아예 없고, 밤마다 꿈자리가 어지러워 일정하지 않은지라, 깨고 나면 일쩍이 놀랍고 한스럽거나 후회스럽고 부끄러울 뿐입니다."

余曰: "近日往往夢中見奇書, 獲讀欣然, 覺廼惋惜, 何也?" 心溪曰: "晝之所思, 夜必夢焉, 炯菴一生心靈, 在書故耳. 余則奇書之夢眇然, 而夜夜夢境, 擾亂不定, 旣覺未嘗不可愕可恨可悔可愧耳."

'심청몽매안心淸夢寐安', 마음이 맑으면 꿈자리가 편안하다고 했다. 논문에 골몰하다가 잠을 자면 꿈속에서도 논문을 쓸 때가 있다. 자다가 그 구절을 잊어버릴까봐 벌떡 일어나 써놓고 자는 경우도 있다. 그러나 그런 순수한 몰입의 순간은 잠깐일 뿐이고, 있지도 않은 화장실을 찾아 밤새 헤매거나 시험 문제를 출제해야 하는데 시험 시작 직전까지 딴 일로 헤매다가 안절부절못하는 그런 잡스런 꿈만 잦아지니 나는 그것을 슬퍼한다.

한겨울의 공부방

을유년 겨울 11월 형재炯齋가 추워서 뜰 아래 작은 띳집으로 거처를 옮겼다. 집이 몹시 누추하여 벽에 언 얼음이 뺨을 비추고 구들의 그을음 때문에 눈이 시었다. 바닥은 들쭉날쭉해서 그릇을 두면 물이 반드시 엎질러졌다. 햇살이 비쳐 올라오면 쌓였던 눈이 녹아 스며들어 띠에서 누런 국물 같은 것이 뚝뚝 떨어져 손님의 도포에 한 방울이라도 떨어지면 손님이 크게 놀라 일어나는 바람에 내가 사과하곤 하였으나 게을러 능히 집을 수리하지는 못하였다. 어린 아우와 함께 무릇 석 달간 이곳을 지켰지만 오히려 글 읽는 소리가 그치지 않았다. 세 차례나 큰 눈을 겪었는데 매번 눈이 한차례 오면 이웃에 키 작은 늙은이가 꼭 대빗자루를 들고 새벽에 문을 두드리며 혀를 끌끌 차면서 혼자 말하곤 했다. "불쌍하구먼! 연약한 수재가 얼지는 않았는가?" 먼저 길을 내고는 그다음엔 문밖에 신발이 묻힌 것을 찾아다가 쳐서 이를 털고 재빨리 눈을 쓸어 둥글게 세 무더기를 만들어놓고 가곤 하였다. 나는 그사이에 하마 이불 속에서 옛글 서너 편을 벌써 외우곤 하였다.

오늘은 날씨가 자못 풀렸길래 마침내 책 묶음을 안고서 서쪽의 형재로 옮기니, 연연하여 차마 떠나기 어려운 마음이 있어 몸을 일으키기를 세 차례 머뭇대고 나서야 형재에 쌓인 먼지를 쓸어내었다. 붓과 벼루를 정돈하고 도서를 검열한 뒤에 시험 삼아 편안히 앉아보니 또 오랜 나그네 생활 끝에 집에 돌아온 느낌이 있었다. 붓과 벼루와 도서들은 마침내 자질子姪들이 나와 절하는 것만 같아서 면목이 비록 조금은 생소해도 아끼어 어루만져 안아주고 싶은 마음을 절로 금할 수가 없었다. 아! 이것이 인정이란 말인가? 병술년 대보름에 쓴다.

乙酉冬十一月, 以烔齋寒, 移居于庭下小茅屋. 屋甚陋, 壁氷照頰, 坑煤酸眸, 下嵁岏, 奠器則水必覆. 日射而上, 漏老雪沁, 敗茅墮黔漿垂垂. 一滴客袍, 客大駭起. 余謝, 懶不能修屋. 與稺弟相守凡三月, 猶不輟咿唔聲. 歷三大雪. 每一雪, 鄰有短曳必荷箒, 晨叩門咄咄自語, 可憐弱秀才, 能不凍. 先開巡, 次尋戶外屨埋者, 打拂之, 快掃除, 團作三堆而去. 余已被中誦古書已三四篇矣. 今天氣頗釋, 遂抱書帙, 西移于烔齋, 有戀戀不忍離意. 起身三周旋, 廼出掃烔齋積埃. 整頓筆硯, 檢閱圖書, 試安坐, 又有久客還家之意. 其筆硯圖書, 如子姪之出拜, 面目雖稍生, 而憐愛撫抱, 自不能禁也. 吁其人情乎? 丙戌上元書.

공부방이 너무 추워 얼어죽을 것만 같길래 마당 아래 띳집으로 겨울 동안의 거처를 옮겼다. 띳집 천장에선 누런 띳물이 뚝뚝 떨어지고, 구들장엔 그을음이 스며들어 불이라도 때면 눈이 시어 뜰 수가 없었다. 함박눈이 펑펑 내려 쌓인 아침이면 창호문 밖으로 환한 눈빛을 보며 이불 속에 파묻혀 나는 책을 읽었다. 창밖으로 이웃집 늙은이의 눈 쓰는 소리를 들었다. 그 추운 겨울, 이 누추한 방에서도 글 읽는 소리가 끊이지 않았다. 정월 보름, 날이 좀 풀리자 나는 그새를 못 참아 그예 거처를 다시 공부방으로 옮기고 말았다. 벼루도 있고 붓도 있고, 무엇보다 그때그때 보고 싶은 책이 있는 방, 날씨야 얼어죽지만 않으면 되니 더이상 이불 속 공부를 하지 않아도 되는 방.

헛생각

　내가 밤에 꿈을 꾸는데, 천군이 북 치고 소리치며 대포 소리가 요란하더니 횃불이 환하게 사방을 에워싸는 것이었다. 문득 기지개를 켜며 깨어보니 베갯머리에 등불 기름이 다 말라 불꽃이 가물대며 밝았다 흐려졌다 하고, 또 타닥타닥 하는 소리가 나고 있었다. 아! 이 하나의 조그만 광경이 내 꿈속에 들어와서는 커다란 진을 펼치고, 한바탕 싸움이 그치지 않았던 것이니, 조화의 꾀가 지극히 아득하다 하겠다. 대저 꿈은 생각이요 원인인데, 이 꿈은 비슷함이 원인이 된 것이지 바른 원인은 아니다. 그러나 등불을 혹 몇 걸음밖에 두었더라면 이것이 없었을 터인데, 바로 머리맡 가까이에 있었기 때문에, 정신이 이와 함께 노닐었던 것이다.

　余夜夢, 千軍鼓噪, 炮聲撩亂, 炬火赫赫而四匝. 忽欠伸而覺, 則枕邊燈膏枯盡, 火焰兀兀, 明且暗, 又爆爆有聲. 噫! 此一小光景, 入我夢中, 鋪張大陣, 酣戰不已. 造化之權, 極幻弄也. 夫夢想也, 因也, 此夢類因, 而非正因也. 然燈或置數步地, 則無此矣. 以其直近頭邊, 故神與遊之也.

내 꿈을 어지럽히는 온갖 원인들은 모두 내 주변에 있다. 내가 먹었던 작은 마음, 사소한 생각 들이 꿈속에선 커다란 욕심, 걷잡을 수 없는 탐욕으로 나타난다. 내 품은 마음이 바를진대 내 꿈자리가 평안할 것이다.

마음의 거울

한번은 객이 혀를 차며 말했다.

"문 나서면 온통 욕일 뿐이요, 책을 열면 부끄러움 아님이 없네."

내가 말했다.

"참으로 명언일세. 그러나 작은 낟알처럼 마음을 모으고, 두터운 땅을 밟으면서도 마치 빠짐을 염려하듯 한다면, 무슨 욕됨이 있겠는가? 비록 엉뚱하게 날아오는 욕됨이야 있다 해도 내가 스스로 취한 것은 아닌 것일세. 책을 읽으매 매양 실천할 것을 마음으로 삼고, 골수에 젖어들게 하여, 바깥 사물의 일을 가지고 겉거죽으로 삼지 않는다면 무슨 부끄러움이 있겠는가? 다만 날마다 약간의 부끄러움은 있게 마련인지라 독서가 아니고서는 또한 사람이 될 수 없겠기에 공부를 하는 것일 뿐이라네."

往有客咄咄曰: "出門都是辱, 開卷無非羞." 余曰: "儘名言耳. 然撮心于粒, 踏厚地如恐陷, 則何辱之有? 雖有橫來之辱, 非吾自取也. 讀書每以實踐爲心, 浹洽骨髓, 不爲皮膜以外物事, 則何羞之有? 但日以少有羞焉, 則非讀書也, 亦不成人也, 爲工夫耳."

무엇에 대해 입 열어 말하면 그것은 바로 비방이 되어 돌아오고, 어떤 일을 하려 하면 의심스런 눈빛으로 곡해한다. 차라리 문을 닫아걸고 혼자 있고 싶구나. 그렇지만 정작 혼자 들어앉아 옛어른의 글을 읽자니 나 자신 부끄러워 고개를 들 수가 없다. 언제나 살얼음 위를 걷듯, 범 꼬릴 밟은 듯 삼가고 삼갈 일이다. 책을 읽되 실천에 옮기고, 그 지식을 겉치장이 아닌 골수에 젖게 한다면 마땅히 부끄러움이 없을 것이다. 그러나 나 스스로 부끄러움이 없다 해도 속인들의 뜬금없는 비방이나, 나의 부족함을 자각하는 데서 오는 부끄러움이야 어찌 없을 수 있으랴. 그래서 또 우리는 마음의 거울을 한 번 더 닦게 되는 것이다.

병과 욕심

　병자가 막 아파 신음할 때에는 평생의 모든 욕심이 다 사라지고 단지 회복의 바람만 마음속에 있을 뿐이다. 그래서 다른 것에 마음이 미칠 겨를이 없을 뿐이다. 또 어떤 종류의 병자는 돈이나 쌀 따위의 잔단 일을 치료받고 약을 먹는 중에도 능히 관리한다. 또 영리를 볼 수 있는 일인데 자신의 오랜 병 때문에 앉아 기회를 놓치게 되자 뜬 열이 위로 솟구쳐 간혹 목숨을 잃는 자까지 있으니 어찌 크게 슬프지 않겠는가? 병들지도 않고 게다가 욕심도 없어 살고 죽는 것을 가지고 따져 헤아리지 않는 사람은 이른바 지인至人이다. 내가 병난 지 이미 5, 6일이 되고 보니, 혀는 소태 같아 두터운 맛이 없고, 머리는 어찔하여 종일 가도 맑아지지 않는다. 밤에는 이러지도 저러지도 못하며 몸을 뒤척이니 마치 지향할 바가 없는 사람만 같다. 그래서인지 나의 평생에 책을 보던 마음도 하마 거의 반이나 줄어들고 말았다. 그래도 차마 어쩔 수가 없어 하루에 한차례씩은 보곤 하는데 마치 눈 위로 뜬구름이 지나가는 것만 같다. 을유년 12월 24일에 부질없이 쓴다.

　病者方其呻吟時, 平生諸慾沙汰, 只有平復之願, 存于中. 故不暇它及耳. 又有一種病人, 錢米細事, 於醫藥中能管領, 且榮利等事, 緣渠淹病, 坐失期會, 則虛熱上攻, 或失性命者有之, 豈不大哀乎? 彼原不病而且無懲, 不以死生爲計者, 是所謂至人也. 余病已五六日, 舌苦而無厚味, 頭暈終日不暢暢. 夜則轉身無第, 如無所指向者. 故余平生看書之心, 已減太半矣. 猶不忍也, 一日一番看, 然如邁雲之歷于眼也. 乙酉十二月二十四日漫筆.

끙끙 앓을 때는 낫기만 하면 소원이 없겠다 싶더니, 조금 살 만하니까 마음속에 숨었던 온갖 욕심이란 놈들이 다 튀어나온다. 그 욕심 때문에 제 몸을 죽이기까지 하니 안쓰러운 노릇이다. 몸이 아프면 마음도 황폐해진다. 읽고 싶던 책도 읽기가 싫고, 큰마음 먹고 책을 들어도 눈앞에 그저 허깨비가 지나가는 것만 같다. 혓바늘이 돋고 입맛이 쓰다. 머리에서 미운이 걷히질 않는다. 모든 것이 자꾸만 전만 같지가 않다. 아! 슬프다.

세월

예닐곱 살과 열아홉 살 때에는 섣달 그믐이나 정월 초하루만 되면 어찌 그리 좋았던지. 길게 늘인 운장건雲長巾을 쓰고, 총각머리를 묶고, 초록빛의 작은 솜옷을 입고, 붉은 비단띠를 두르고, 붉은 가죽신을 신고서 밤에는 윷놀이를 하고, 낮에는 종이연을 날렸다. 어른들께 세배를 가면 이마를 어루만지며 귀여워해주셨다. 이때엔 우쭐한 기분이 막 일어나 바람처럼 내달리니 머리카락이 온통 날리었다. 천하에 좋은 시절은 이날보다 좋은 때가 없었다. 이제 아이들이 펄쩍펄쩍 뛰어다니는 것을 보니 마음이 설레며 움직이지만, 제 몸을 돌아보면 벌써 7척이나 되고, 높은 관은 키[箕]와 같고 수염은 거뭇거뭇하다. 그래서 도리어 시새워 말하기를, "너희들도 이제 머지않아서 턱에 거뭇한 수염이 날 테니 네 때때옷을 어디다 쓰겠니?"라고 했다. 아이들은 반드시 믿지 않을 테지만 말이다.

六七八九歲時, 除夕元日, 何其好也. 戴雲長巾, 頭結唐髻, 衣草綠小袍子, 帶則赤錦, 鞋則紅皮, 夜排柶子, 畫瞻紙鳶, 歲拜長老, 則撫頂嬌愛. 是時也, 俊氣橫生, 行如颷風, 毛髮皆躍. 天下之好時節, 無過於此日也. 今見此輩踊躍, 則意思層動, 而顧身七尺,而高冠若箕, 鬚髥鬚鬚矣. 反猜之曰:"爾輩亦不久頤生玄髥, 安用爾妍嬋之衣哉."兒必不信.

아이들이 자라 어른이 된다. 눈물겹게 떠오르는 동심의 그날은 덧없이 가버리고, 설빔을 차려입고 우쭐한 마음에 머리털 나풀대며 뛰어다니던 소년들은 어느새 수염 거뭇한 장년의 사내로 세월 앞에 서 있다. 그때 그 천진스럽던 소년은 지금 어디에 있는가? 그때 그 꿈속만 같던 날들은 지금 어디에 있는가?

번뇌

겨울의 위세가 아직 남아 있고, 나이만 한 살 더 먹으며, 판에 박힌 덕담이나 나누며, 중의 동냥 소리는 가증스럽고, 남정네는 옷을 새로 해입고, 문앞에 붙인 그림은 그저 그렇고, 쇠고기나 들고 왔다 갔다하는 이 일곱 가지 유감스러운 일 외에 한 가지 매우 기분 좋은 일이 있다. 동자로 하여금 경대 속에서 1년 동안 빗질하고 남은 해묵은 머리털을 찾게 하니, 한 사람에게서 떨어진 것이 각각 한 말이나 된다. 어지럽고 헝클어진 것이 인생의 번뇌스런 생각을 자아내기에, 뜰 가운데 쌓아놓고 불사르니 이리저리 내달리며 불기운이 솟구치다 잠깐 사이에 적막한 찬 재가 되고 말았다. 번뇌스럽던 생각도 고요하기가 오래된 못과 같아졌다.

冬威尙餘, 添人一齡, 吉談多腐, 僧聲可憎, 丈夫衣新, 門畫無神, 牛肉縱橫, 此七恨之外, 差有一事甚快活. 使童子檢奩間一年之中梳餘古髮, 一人之落, 各幾一斗. 棼然髼鬢, 令人生煩惱想, 積庭中縱火焚之, 東馳西奔, 焰氣勃勃, 須臾寂爲寒灰. 煩惱之想, 恬如古湫耳.

한 해가 바뀌고 나는 다시 한 살을 더 먹는다. 겨울 추위는 그대론데 어쩌자고 나이만 자꾸 먹는 것이냐. 그렇고 그런 인사치레와 동냥하는 중들의 염불 소리, 문앞에 세화歲畵를 사다 붙이고, 새로 해입은 옷 걸치고 쇠고기 들고서 어른을 찾아가 인사를 나누는 남정네들. 이런 들뜬 풍경 속에서도 가슴 한 켠으로 스쳐가는 허전함은 있다. 매일매일 빗질하며 빠진 머리카락을 1년간 모으니 한 말이나된다. 한때는 내 몸의 일부였던 이것들. 이제는 나를 떠나버린 것들. 얽히고설킨 머리칼은 그같이 뒤엉킨 삶의 번뇌다. 뜰 가운데 가지고 나가 불을 붙이니 순식간에 확 타올라 찬 재만 남는다. 내 마음속의 이런저런 번뇌도 저와 같이 찬 재로 스러졌으면 좋겠구나.

책이 없다면

훤칠한 사내가 내 귀에 대고 일깨워 말했다.

"너는 욕심을 버려라."

"네. 말씀대로 하지요."

"너는 성냄을 버려라."

"그렇게 하겠습니다."

"시기하는 마음을 버려라."

"말씀을 따르겠습니다."

"뽐내는 마음을 버려라."

"분부대로 하지요."

"조급함을 버려라."

"어찌 거역하겠습니까?"

"게으름을 버려라."

"명을 받들겠습니다."

"명예를 향하는 마음을 버려라."

"그리 하옵지요."

"책을 좋아하는 마음을 버려라."

내가 눈이 휘둥그레져 뚫어지게 보며 말했다.

"책을 좋아하지 않는다면 무엇을 합니까? 저를 보지도 듣지도 못하는 사람으로 만드시렵니까?"

사내가 웃더니만 등을 어루만지며 말했다.

"잠시 그대를 시험해본 것일 뿐일세."

有頎然丈夫提余耳詔之曰: "棄汝饕." 曰: "敢不從命." "棄汝嗔." 曰: "敢不從命." "棄汝猜." 曰: "敢不從命." "棄汝矜." 曰: "敢不從命." "棄汝躁." 曰: "敢不從命." "棄汝懶." 曰: "敢不從命." "棄汝名心." 曰: "敢不從命." "棄汝嗜書心." 瞠然熟視曰: "書不嗜, 當奚爲? 欲聾瞽我耶?" 丈夫笑撫背曰: "聊試汝耳."

내게서 다른 것을 다 가져갈 수는 있어도 책을 사랑하는 그 마음만은 가져갈 수 없으리라. 책이 없다면 내 삶은 앞 못 보는 이와 같고 듣지 못하는 사람과 같아, 하루를 견디지 못하고 미쳐버릴 것이다.

신통한 영약

근래 일과로 책을 읽으면서 네 가지 유익함이 있음을 깨달았다. 지식을 넓히고 정미하게 되며, 옛날에 통달하고 뜻과 재주에 보탬이 되는 것과는 상관이 없다. 첫째, 조금 배고플 때 읽으면 소리가 배나 낭랑하여 그 담긴 뜻을 음미하노라면 배고픈 줄도 깨닫지 못하게 된다. 둘째, 조금 추울 때 읽으면 기운이 소리를 따라 흘러들어와 몸안이 편안해져 추위를 잊을 수 있다. 셋째, 근심하고 번뇌에 겨울 때 책을 읽으면 눈은 글자와 함께 깃들고, 마음은 이치와 더불어 모이게 되어 천만 가지 생각이 스러져 없어질 때가 있다. 넷째, 기침을 앓을 때 읽으면 기운이 통하여 저촉되지 않게 되어 기침 소리가 갑자기 그친다.

近日覺日課讀書, 有四益. 廣博精微, 通達古昔, 資輔志才不與焉. 一. 略飢時讀, 聲倍朗潤, 味其理趣, 不覺其飢也. 二. 稍寒時讀, 氣隨聲而流轉, 體內適暢, 足以忘寒. 三. 憂慮惱心時讀, 眼與字投, 心與理湊, 千思萬念, 有時消除. 四. 病咳時讀, 氣通不觸, 漱聲頓已也.

새삼스레 다른 말은 늘어놓지 않겠다. 다만 나는 독서가 나의 배고픔을 잊게 해주고 나의 추위를 몰아내주며 내 마음의 온갖 시름을 녹여주고 심지어 콜록콜록하던 기침마저도 멎게 해주는 신통한 영약인 것만 이야기하겠다.

향기로운 상상

　황금으로 왕마힐 상을 만들고, 채색실로 미원장을 수놓아 좋은 날 아름다운 경치 속에 좋은 벗과 이름 있는 인사를 불러다가 시축詩軸과 화첩을 펼쳐놓고는 반드시 먼저 향기로운 꽃을 따서 맑은 샘에 띄워놓고, 술을 부어 제사를 지내, 이날의 시정과 화의를 조장하리라. 흥을 깨뜨릴 손님은 야단쳐 금하여 문에 다다르지 못하게끔 해야지.

　黃金鑄王摩詰, 彩絲繡米元章, 良辰美景, 招佳朋名流, 排鋪詩軸畫帖, 必先挹芳花, 泛潔泉, 酹之祝, 是日助詩情畫意. 呵禁敗興客, 不使來到門.

　만약 내게 황금의 여유가 허락된다면 나는 그것으로 왕마힐 상을 만들겠다. 내게 오색실과 비단이 생긴다면 나는 그것에다 미원장의 모습을 수놓겠다. 좋은 시절 아름다운 경치 가운데 마음에 맞는 사람들을 청해다가 왕마힐 상과 미원장을 수놓은 족자를 꺼내놓고 시정화의가 넘나드는 즐거운 자리를 마련해야지. 먼저 향기로운 꽃을 따다 샘물 위에 띄우고 이날의 모임을 위해 제사를 지내야지. 그러면 샘물같이 맑은 마음, 꽃처럼 향기로운 생각 들이 준비해간 시축과 화폭에 그대로 묻어날 테지. 왕마힐의 시처럼, 미원장의 그림처럼 말이다. 갑작스레 장사치가 들이닥쳐 흥을 깨는 일이 없도록 미리미리 문단속은 철저히 해두겠다.

가을 하늘

심계자가 말하였다.

"두 눈동자로 형형하게 가을 물위에 훤히 비치는 허공을 내려다보다가, 갑자기 하늘과 내 마음이 만나게 되면, 마음속에 허공을 머금어 시원스레 넓어집니다. 그 흥취는 아마득하고도 그윽해서 말로는 표현할 수가 없고, 또한 말로 들려줄 수도 없지요."

내가 성을 내어 그를 흘겨보며 말하였다.

"내 두 귓구멍이 영롱하게 뚫려 있는데, 어째서 자네 말을 알아들을 수 없다는 게야?"

心溪子曰: "兩瞳子炯炯, 垂秋水虛映空, 忽天與靈逢中之, 包空蕩蕩, 其趣也, 灝邈不可言, 亦無可以言聞者." 炯菴怒睨曰: "我有兩耳竅, 玲瓏嵌空, 獨不可聞爾之言耶?"

쪽빛 하늘빛을 받아 더 짙은 저 강물을 바라보고 있자니 마음속에 광대무변한 저 창공이 슬며시 들어와 앉는다. "자네! 이러할 때의 그 심정을 짐작이나 하겠나?" "예끼, 이 친구! 그걸 말이라고 하는가? 내 마음속에도 벌써 가을 하늘이 가득 차버렸는걸."

바위

심계자 이광석李光錫이 여름에 청풍계淸風溪의 주름 잡힌 바위 위에 오래 누워 있다가 갑자기 눈을 동그랗게 뜨고 말했다.

"내 몸이 한 반쯤 바위가 되었네."

그러고는 탄식하였다.

"죽어 이 산의 귀신이나 되었으면 참 좋겠다."

心溪子夏月臥淸風溪老皺石上. 久之, 忽瞪眼曰: "吾身半成石."
仍歎曰: "死作此山鬼, 足矣."

염천의 계절에 맑은 바람 시원한 너럭바위에 누워 그 바람을 쏘이고 있자니, 내 몸이 오래전부터 거기에 놓여 있던 바위인 것만 같다. 손발도 나른하고 마음조차 아득해져 천년의 함묵을 안으로 안으로 새기며 누운 바위인 것만 같다. 아! 나는 죽어서도 여기 이 바위처럼 이렇게 누워 다시금 한 천년 세월을 시원한 바람에 피를 맑히며 그렇게 누워 있고 싶다.

못하는 일 네 가지

나는 살아오면서 뜻을 세움도 없고 스승도 없이 고루하고 과문한 사람이다. 백 가지 가운데 한 가지도 능한 것이 없는 중에 더더욱 능하지 못한 것이 네 가지가 있다. 바둑과 장기를 두지 못하고, 소설을 볼 줄 모르며, 여색에 대해 말할 줄 모르고, 담배를 피울 줄 모른다. 그러나 이 네 가지 것은 비록 죽을 때까지 못하더라도 해될 것이 없다. 나로 하여금 자제들을 가르치게 한다면 마땅히 먼저 이 네 가지 하지 못하는 것으로 그들을 인도하겠다.

我生而無志無師, 迂陋寡聞之人也. 百無一能之中, 有尤所不能者四焉. 曰不能博奕, 曰不能觀小說, 曰不能談女色, 曰不能吸烟. 然此四者, 雖終身不能, 無傷也. 使我敎子弟, 當先以此四不能, 導之矣.

시간만 나면 바둑이며 장기로 시간을 죽이는 사람들이 있다. 내기까지 한다. 학문에 마음 쏟지 않고 그저 재미있는 이야기책이나 뒤적이고, 만나기만 하면 음담패설을 늘어놓으며, 굴뚝처럼 담배를 피우면서 연기를 뿜어댄다. 내 비록 이 네 가지를 못하지만 조금도 부끄럽지가 않다. 공부에 힘을 쏟지 않고 그저 장기나 두고, 당구나 치며, 노름으로 날을 새우는 사람들이 있다. 인생을 그렇게 탕진해 버린다. 아! 애석하다.

슬픔을 다스리는 법

　슬픔이 닥쳐오면 사방을 둘러봐도 막막하기만 해서 단지 땅을 뚫고 들어가고 싶을 뿐, 눈곱만큼도 살고 싶은 마음이 없어진다. 다행히도 내게 두 개의 눈이 있어 자못 글자를 알아 한 권의 책을 들고 마음을 위로하노라면, 잠시 후에는 가슴속에 꺾이어 무너졌던 것들이 조금 가라앉는다. 그러나 만약 내 눈이 비록 다섯 가지 빛깔을 능히 살펴볼 수 있다 하여도, 깜깜한 밤중에 책을 마주하였다면, 장차 무엇으로 마음을 쓴단 말인가?

　哀之來也, 四顧漠漠, 只欲鑽地入, 無一寸可活之念. 幸余有雙眼孔, 頗識字, 手一編慰心看, 少焉胸中之摧陷者, 乍底定. 若余目雖能視五色, 而當書如黑夜, 將何以用心乎?

　슬픔은 느닷없이 쳐들어와 인간의 영혼을 침몰시켜버린다. 슬픔에 젖어 이 세상 온갖 일에 더이상 집착을 가질 수 없을 때도 책을 읽다보면 들끓던 마음이 차츰 가라앉아, 나를 휩싸고 있던 광포한 감정에서 조금씩 놓여나게 된다. 책만 있다면 나는 어떤 경우에서도 내 마음을 추스를 수가 있다. 그러나, 그러나 깊은 밤, 아무것도 보이지 않는 깊은 밤에 그런 막막한 슬픔이 밀려온다면 어찌할까?

불 밝힐 기름마저 다 떨어져버렸다면 어찌해야 좋을까?

옛사람의 매운 정신

지영智永은 천자문을 8백 본을 썼고 홍경로洪景盧는 『자치통감資治通鑑』을 세 차례나 손으로 베꼈다. 호담암胡澹菴이 양구산楊龜山을 만나니, 구산이 팔뚝을 들어 보여주며 말하였다. "내 이 팔뚝이 책상을 떠나지 않은 것이 서른 해가 된 뒤에야 도에 진보함이 있었노라." 장무구張無垢가 횡포橫浦에 귀양 가서 매일 어스름한 새벽이면 문득 책을 안고 창 아래 서서 14년간을 읽었는데 돌 위에 두 발뒤꿈치의 자국이 은은하였다. 우리나라의 두곡杜谷 고응척高應陟이 젊은 시절 손수 집 하나를 엮었는데 사면이 모두 벽이고 단지 구멍 두 개만 있었다. 하나는 음식을 넣는 곳이고 하나는 바깥 사람과 수답하는 곳이었다. 그 속에서 세 해나 『중용』과 『대학』을 읽고서야 나왔다. 중봉重峰 조헌趙憲은 일생토록 잠이 없어 밤에는 책 읽고 낮에는 밭을 갈았다. 밭두둑에 나무를 걸쳐놓아 책을 세우고는 소를 몰고 왔다 갔다하며 반드시 섭렵하였다. 밤에는 또 어머니 방에 불을 때며 땔나무에 비추어 책을 뒤적여 읽었다. 옛사람이 학문을 닦음은 이처럼 용맹히 정진하여 남보다 크게 앞섰다. 우리 같은 무리는 단지 물 마시고 밥 먹고 잠만 퍼잘 뿐이다.

智永寫千文八百本, 洪景盧手鈔資治通鑑三過, 胡澹菴見楊龜山, 龜山擧肘示之曰: "吾此肘不離案三十年然後, 於道有進." 張無垢謫橫浦, 每日昧爽, 輒抱書立窗下, 而讀十四年, 石上雙趺之跡隱然. 我國高杜谷應陟, 少時手結一屋, 四面皆壁, 只有二穴, 一通飮食, 一與外人酬答. 讀中庸大學於其中三年廼出. 趙重峰憲一生無睡, 夜讀而晝耕田. 田畔架木支書, 叱牛來往, 必涉獵. 夜又爇火母房, 映薪覽閱. 古人修業如是, 猛進大過於人. 如吾輩者, 只飮啖昏睡而已.

불광불급不狂不及, 즉 미치지 않고는 미치지 못한다는 말이 있다. 자신을 온전히 잊는 몰두가 없이는 큰 학문을 이룩할 길이 없다. 정신의 뼈대를 하얗게 세우고, 조금의 흐트러짐도 없이 한길을 그렇게 걸어갔던 옛사람들의 매운 정신 앞에 서면 혼수상태의 흐리멍덩하던 정신이 비로소 번쩍 깨어난다. 부끄럽다.

담력과 식견

예로부터 앎과 행함을 나란히 펼치기는 매우 어렵다. 어째서 그럴까? 민첩하게 나아가는 사람은 바탕이 깊지가 않고, 굳게 지켜 확실한 자는 총명함이 예리하지 못하니, 둘 다 병통이 있다. 그러나 굳게 지켜 확실한 사람의 굳세고 용감함이 민첩하게 나아가는 자의 허랑되고 실속 없는 것보다 낫다.

석공石公이 말했다. "총명함이 있어도 담력이 없으면 일을 감당하지 못하고, 담력은 있지만 총명함이 없으면 깨달음을 얻지 못한다. 담력이 뛰어난 사람은 단지 5분의 지식으로 10분의 활용을 감당할 수가 있고, 담력이 약한 사람은 설사 10분의 지식이 있더라도 겨우 5분의 활용을 감당할 수 있을 뿐이다."

終古知行幷施者極難, 何也? 敏邁者根植不深, 堅確者穎鋒不利, 俱歸病窟. 然堅確者之固果, 勝於敏邁者之空落. 石公有言曰: "有聰明而無膽氣, 則承當不得, 有膽氣而無聰明, 則透悟不得. 膽勝者只五分識, 可當十分用, 膽弱者縱有十分識, 只當五分用."

아는 대로 행할 수만 있다면 무슨 문제가 있겠는가? 자신의 총명을 믿고 언제나 한발 앞서 재빠르게 행동하는 사람들은 그 본바탕이 깊지 않아 바닥이 금세 드러난다. 그러나 이리 재고 저리 재고 신중에 신중을 기하는 사람들은 늘 정해진 틀을 벗어나지 못하니 탈이다. 그러나 둘 중에 하나를 택하라면 나는 후자를 택하겠다. 사람에게는 식견이 필요하고, 그 식견을 행동으로 옮길 수 있는 담력이 필요하다. 알기만 하고 행동할 줄 모르면 그 앎이 무의미하고, 행동만 하려 들면서 머릿속에 든 것이 없으면 자꾸 일만 저지르고 만다. 되 글 가지고 말 글로 팔아먹는 사람이 있고, 말 글 가지고 되 글로 팔아먹는 사람이 있다. 아는 것은 하나인데 남 보기에는 열을 아는 것처럼 써먹는 사람이 있다. 반대로 아는 것은 참 많은데 막상 글로 쓰라고 하면 한 줄도 못 쓰는 사람이 있다. 식견만 있고 담력이 없는 까닭이다. 속에 든 것도 없이 경망하게 이리저리 마구 써대는 것보다야 낫겠지만, 그 많은 식견에도 불구하고 그가 이룬 것은 하나도 없게 된다. 식견과 담력을 나란히 갖춘 군자는 어디에 있는가?

합일의 순간

　내 마음을 한 가지 경계에 깃들여 형상과 접촉하여 만약 하는 바가 있게 되면, 갑자기 눈동자가 돌아가고 팔뚝이 움직이며 손가락이 덩달아 붓을 잡는다. 벼루는 먹을 기다리고, 먹은 붓을 기다리며, 붓은 종이를 기다리니, 종이가 가로로 비스듬히 놓이고 좌우로 붓이 내달리게 되어, 잠깐 사이에 날고 뛰고 들고 나는 변화가 일어나 기운을 얻고 뜻이 가득 차게 되면 안 될 것이 없다. 마음은 눈을 잊고, 눈은 팔뚝을 잊고, 팔뚝은 손가락을 잊고, 손가락은 먹을 잊고, 먹은 벼루를 잊고, 벼루는 붓을 잊고, 붓은 종이를 잊게 되니, 이러한 때에는 팔뚝과 손가락을 마음과 눈이라고 불러도 괜찮고, 종이와 붓, 먹과 벼루를 마음과 눈, 팔뚝과 손가락이라고 불러도 괜찮을 것이며, 먹과 벼루를 붓과 종이라고 불러도 괜찮을 것이다. 고요히 마음을 거두고 맑게 눈을 안정시켜, 팔뚝과 손가락을 소매 속에 마주 쥐고, 먹을 닦고 벼루를 씻고, 붓을 거두어 종이를 말면, 잠깐 사이에 붓과 종이, 먹과 벼루, 마음과 눈, 팔뚝과 손가락은 서로를 도모하지 않고, 또 앞서 하던 일을 까맣게 잊게 된다.

　吾心一寓境觸象, 若有所爲, 則忽眼爲之轉, 腕爲之運, 指隨以

操. 硯須墨, 墨須筆, 筆須紙, 紙橫欹仄, 左右馳驟, 頃刻飛騰出
入變化, 氣得意滿, 無所不可. 心忘眼, 眼忘腕, 腕忘指, 指忘墨,
墨忘硯, 硯忘筆, 筆忘紙, 當此之時, 呼腕指爲心眼可也, 呼筆紙
墨硯爲心眼腕指可也, 呼墨硯爲筆紙可也. 及其寂然心收, 湛然
眼定, 腕指拱于袖, 拭墨洗硯, 閣筆軸紙, 則俄然之間, 筆紙墨硯,
心眼腕指, 不相爲謀. 又忘前之周旋矣.

세계와 내가 만나 하나로 합쳐지는 순간이 있다. 벼루가 먹이 되
고 붓이 되고 종이가 되고, 마음이 눈이 되고 팔뚝이 되고 손가락이
되는 순간이 있다. 내가 누군지, 여기가 어디인지조차 까맣게 잊고,
내가 곧 세계이고 세계가 바로 나인 순간이 있다. 일체의 작위 없이
사물과 내가 완벽하게 하나로 만나, 너와 나의 경계가 허물어져 조
금의 틈도 없는 그런 순간이 있다.

지극한 이치

갓난아이가 울고 웃는 것과 저자에서 물건을 사고파는 것 또한 보고 느끼기에 충분하고, 사나운 개가 서로 싸우거나 점박이 고양이가 혼자 장난치는 것도 가만히 살펴보면 지극한 이치가 담겨 있다. 봄날 누에가 뽕잎을 갉아먹거나, 가을에 나비가 꽃에서 꿀을 따는 것은 천기가 흘러넘친다. 수많은 개미떼의 진은 깃발과 북을 쓰지 않아도 절제가 절로 정돈되어 있고, 벌들의 벌집은 기둥과 서까래를 세우지 않았는데도 간격이 절로 고르다. 이는 모두 지극히 미세한 것인데도 제각기 지극히 오묘하고 조화로움이 가없다. 대저 하늘과 땅의 높고 넓음과 옛날과 지금의 가고 옴도 살펴보면 또한 장대하고 기이하지 않겠는가?

嬰兒之啼笑, 市人之買賣, 亦足以觀感. 驕犬之相鬪, 點猫之自弄, 靜觀則至理存焉. 春蠶之蝕葉, 秋蝶之採花, 天機流動. 萬蟻之陣, 不藉旗鼓, 而節制自整, 千蜂之房, 不憑棟樑, 而間架自均. 斯皆至細至微者, 而各有至妙至化之無邊焉. 夫天地之高廣, 古今之來往, 觀不亦壯且奇乎哉.

무엇이 좋은지 까르르 웃다가 갑자기 자지러지게 우는 갓난아이. 조금 더 싸게 사려고, 이문을 조금만 더 남기려고 실랑이하는 저잣거리의 흥정. 꼬리를 바짝 세우고 이빨을 드러내어 으르렁거리는 개들, 공을 가지고 이리저리 굴리며 혼자 시간을 보내는 고양이. 봄날 누에가 사각사각 소리를 내며 뽕잎을 갉아먹는 데도 순서가 있다. 가을 나비는 공연히 마음만 바빠서 이 꽃 저 꽃 사이를 오간다. 생명 있는 온갖 것들이 살아가는 모습에는 모두 기분 좋은 두근거림이 있다. 꾸미지 않아도 절로 근사하고, 안배함 없이도 절로 멋있다. 미물들의 이런 모습들이 이리 아름다울진대, 천지 사이에 발을 붙이고 사는 인간들의 고금에 걸친 일들이야 얼마나 장쾌하고 기이할 것이냐? 그것을 살필 수 있는 안목 없음이 애석할 뿐이다.

망령됨

　무릇 사람이 자포자기하여 스스로 몸을 공경치 않은 자는 어릴 때부터 해 뜨면 일어나 망령되이 말하고 망령되이 일을 처리한다. 한가로이 지내면서 홀로 앉아 있으면 망령된 생각에 어지러이 붙들리고, 잠잘 때는 밤새도록 망령된 꿈을 꾼다. 늙어 죽을 때까지 '망령되다'라는 한 단어로 한평생을 마치는 데 불과하니, 아! 슬프구나.

　凡人之暴棄, 不自敬身者, 自幼時, 日出而起, 妄言妄事. 閑居而獨坐, 妄思紛挐, 寐則終夜妄夢, 至老死, 不過以妄之一字, 了當平生, 嗚呼悲矣.

　망령된 사람은 결국 그 망령됨으로 제 몸을 망친다. 망령된 사람이란 자포자기하는 사람, 제 몸가짐을 올바로 갖지 못하는 사람이다. 그들은 뻗을 자리와 뻗어서는 안 될 자리를 가리지 못한다. 자꾸 그 반대로 한다. 그리하여 제 몸을 망치고 다른 사람을 불편하게 한다.

자득

망령된 생각이 내달릴 때 우러러 구름 한 점 없는 하늘빛을 바라보면 온갖 생각이 한꺼번에 스러지니, 바른 기운이기 때문이다. 또한 정신이 좋을 때 꽃 한 송이 풀 한 포기, 바위 하나, 강물 하나, 새한 마리, 고기 한 마리를 고요히 관찰하면 가슴속에 안개가 자욱하고 구름이 일어 마치 기쁜 듯이 스스로 얻은 것이 있는 듯하다. 다시금 스스로 얻은 곳을 깨달아보려 하면 문득 아득해진다.

妄想走作時, 仰看無雲之天色, 百慮一掃, 以其正氣故也. 且精神好時, 一花一草, 一石一水, 一禽一魚靜觀, 則胸中烟勃雲蓊, 若有欣然自得者, 復理會自得處, 則却茫然矣.

망령된 생각이 일거든 우러러 맑은 하늘을 보라. 그 정대한 푸른 기운이 마음을 맑게 하리라. 정신이 해맑을 때 사물을 관찰하면 가슴속에 안개가 피어나듯 구름이 뭉게뭉게 일어나듯 떠오르는 깨달음이 있다. 그 깨달음의 정체는 무엇일까? 그것을 알아보려 생각을 다듬으면 어느새 그것들은 저만큼 물러서 있다. 굳이 따져 뭘 하겠느냐고, 그저 가슴으로 느끼라고, 따진다는 것은 본래 부질없는 일이라고.

역경

일이 순조롭게 이루어지는 것이 좋다함은 아첨하고 물러터져도 좋다는 것이 아니다. 아첨하고 물러터진 것이 어찌 순조로운 경계이겠는가? 이는 역경일 뿐이다.

事從順境來好, 非阿諛軟弱之謂也. 阿諛軟弱, 豈順境哉. 是却逆境也.

모든 일에는 순경이 있고 역경이 있다. 누구나 순조롭게 마음먹은 대로 일이 이루어지기를 바라지만, 그 목적을 위해 비겁하게 아첨하고, 주견도 없이 물러터져서는 안 된다. 그렇게 해서 설사 그 일을 이룬다 한들 그것이 내게 무슨 보람이 되겠는가? 목적을 위해 수단과 방법을 가리지 않는 것은 군자의 마음이 아니다. 그렇게 이뤄진 일들은 그에게 행운을 가져다주기는커녕 종내는 더 큰 시련을 안겨줄 뿐이다. 나중에 그가 치러야 할 대가는 쓰리라. 그러기에 나는 그것을 역경이라 말하는 것이다.

재주

　옛사람은 능히 그 재주를 부릴 수 있었으나, 뒷사람은 단지 재주에 부림을 당한다. 그 재주를 부리는 자는 그 재주를 마땅히 써야 할 곳에 쓰고, 또한 그쳐야 할 만하면 그칠 뿐이다. 재주에게 부림을 당하는 사람은 마구 드날리고 가지쳐서 하지 못할 짓이 없으니 두렵구나.

　古之人, 能役其才也, 後之人, 只爲才所役. 役其才者, 用於所當用, 亦可止而止耳, 役於才, 則飛揚滋蔓, 無所不爲, 思哉!

　재주를 지닌 것은 예와 지금이 한가지인데, 재주를 쓰는 방법에 큰 차이가 있다. 재주를 못 이겨 술수를 쓰다가 제 꾀에 넘어가 몸을 망치고 정신을 피폐케 하는 사람이 있고, 반대로 그 재주를 때에 맞게 잘 써서 남을 이롭게 하고 저 자신에게도 보탬이 되게 하는 사람이 있다. 제 재주를 믿고 날뛰는 사람이 가장 위험하다. 그들은 지나친 자기 확신 때문에 남을 강요하고 괴롭히다 결국 일을 그르치고 만다. 일을 그르친 뒤에도 그들은 운수의 불길만을 탓할 뿐, 제 허물을 뉘우칠 줄은 모른다. 불쌍한 인간이다.

속임수

　재주가 있지만 가벼운 사람이 기교機巧를 부리면 속이려 들고 얄
팍하다. 멍청하고 둔한 사람이 기교를 부리면 간사하여 속이 훤히
들여다보인다. 그래서 군자의 눈을 피하지 못한다. 간혹 속이면서도
깊이가 있고, 간사하면서도 비밀스러운 자는 하지 못할 짓이 없다.
아아! 옛날이나 지금이나 기교가 없는 사람이 과연 몇이나 될까?

　才而輕者, 機巧生則詐而淺, 痴而鈍者, 機巧生則譎而露, 故不逃
　乎君子之眼也. 其或詐而深, 譎而秘, 是無所不爲也. 噫! 古今無
　機巧者, 果幾歟?

　제 지닌 재주를 이기지 못해 경박한 사람들이 있다. 그들은 무슨
일이 생기면 상대를 속여넘기려 들지만, 그 꾀는 깊지 않고 얄팍하
다. 간사한 자가 잔꾀를 부리는 것은 차마 봐줄 수가 없다. 그 속내
가 훤히 들여다보인다. 속임수에도 단수가 있다. 상대를 속이는데
도 속는 사람이 속는 줄을 모르고, 간특한 짓을 하는데도 제 편인 줄
알게 만드는 자들이 있다. 이들은 가볍지 않고 신중하며, 결코 속내
를 드러내는 법이 없기에 웬만한 사람은 다 그 속임수에 걸려들고

만다. 이런 자들은 마음만 먹으면 못할 짓이 없다. 아아! 속이려 들지 않고 이용하려 들지 않고, 가을 하늘처럼 투명한 마음을 지닌 그런 사람은 과연 어디에 있는가?

글의 기운

봄날 우짖는 새는 그 울음이 평화롭고 기쁨에 젖어 있지만 가을 벌레는 그 울음이 처량하고 구슬프다. 이것은 기운이 그렇게 만드는 것이다. 요순시절의 글은 깊고도 드넓었으나, 후세의 글은 가볍고 꾸밈에만 힘썼으니, 그 기운에 있어 어떠하겠는가?

春禽其鳴也和悅, 秋蟲其鳴也凄悲, 是氣使之也. 唐虞之文渾灝, 叔季之文浮靡, 其於氣何哉?

겨우내 추위에 찌든 목청을 풀어내는 봄날의 새소리는 맑고도 경쾌하구나. 가을을 앓느라 소리마저 야위었구나, 가을 벌레는. 같은 새 울음소리도 가을철에는 다르게 들린다. 계절의 기운이 달라졌기 때문이다. 옛글을 읽으면 그네들의 두텁고 드넓은 마음자리가 느껴진다. 지금 글에는 그런 기운이 없다. 그들은 있지도 않은 그 무엇을 뽐내려 들고, 실제보다 더 낫게 겉꾸미려 든다. 왜 이런 차이가 생겼을까? 남아 있는 옛글은 쓰고 싶어서 쓴 글이 아니다. 쓰지 않을 수 없어서 쓴 글이다. 그래서 그 글에는 절박한 마음이 있고, 진실이 있다. 후세의 글은 뽐내고 싶어 안달이 나서 쓴 글이다. 은근한 자기

과시와 허세가 있다. 그래서 그 글에는 가슴으로 전해지는 느낌이
없다.

가벼움과 얽매임

사람의 병통은 가볍지 않으면 반드시 융통성 없이 얽매이는 데 있다. 두루 살펴보건대 이 두 가지를 면한 사람은 대개 많지가 않다. 가벼운 것은 움직임에서 오는 폐단이다. 얽매임은 고요함에서 오는 폐단이다. 스스로를 닦으려는 사람이나 남을 가르치려는 사람은 이 두 가지를 반드시 헤아려보아야 하리라.

人之病根, 不浮則必滯. 歷觀之, 免乎此二者, 盖無多矣. 浮者動之流弊也, 滯者靜之流弊也. 欲自修及敎人者, 於二者, 必斟酌焉.

경박하여 한시도 진득하니 눌러앉아 있지 못하는 사람들이 있다. 또 정체되어 조그만 변화도 원치 않은 채 틀에 박힌 생활만을 기뻐하는 사람도 있다. 삶은 흐르는 강물과 같다. 강물은 고여 있지 않고 늘 흘러간다. 그러나 그 흐름은 굽이굽이 변화하는 가운데서도 늘 제 갈 길을 벗어나는 법이 없다. 때로 홍수를 만나 범람하는 물길처럼 제 갈 길을 잃고 광포하게 날뛰는 사람들이 있다. 그들은 눈앞에 전개되는 새로움에 팔려 좌우를 돌아봄 없이 휩쓸고 또 휩쓸린다. 정신을 차려 되돌아보았을 때는 이미 늦고 만다. 고이는 물은 썩게

마련이다. 흐르는 물은 썩지 않는다. 그러나 제 갈 길을 잃고 미쳐
날뛰는 물은 모든 것을 쓸어가버린다.

면밀함과 정밀함

뜻만 컸지 면밀함이 없는 사람은 허튼짓을 하고, 재주가 거친데도
정밀하지 못한 사람은 분수에 넘치는 일을 한다.

志大而無委曲者闊, 才粗而不精密者濫.

지닌 포부가 크다면 그 포부를 성취할 수 있는 구체적 계획을 세
워라. 그렇지 않으면 그 큰 포부가 오히려 그의 발목을 잡게 되리라.
부족한 재주는 정밀하고 꼼꼼한 점검을 통해 채울 수가 있다. 그런
데 재주가 부족한 사람에게는 이런 꼼꼼함이 애초에 없다. 그들이
하는 일은 성글지 않으면 외람되다. 완급과 선후를 판단하는 능력
이 없으므로, 우선 할 것을 나중에 하고, 천천히 해도 될 일은 서둘
러 한다. 자신은 부지런히 일했다고 생각했는데, 막상 이룬 것은 하
나도 없다. 그리고 나서 남을 원망하고 하늘에 대고 투덜거린다.

형세

　손쉬운 것만 찾는 사람은 큰 절개에 어지럽고, 하던 대로만 하려는 사람은 큰 사업을 놓치고 만다. 고식적인 사람은 큰 우환을 만나고, 이기기를 좋아하는 사람은 큰 적수와 마주치게 된다. 그 형세가 그런 것이다.

　便宜者迷大節, 因循者失大業, 姑息者遭大憂, 好勝者值大敵. 其勢然也.

　하기에 편한 일만 하려 들어서는 큰 절개를 세울 수 없다. 하던 대로만 하려 들고 새로움을 추구하지 않는 사람은 큰 사업을 이룩할수가 없다. 융통성 없이 고식적인 답습만을 되풀이하면 알지 못하는 사이에 큰 근심이 닥쳐온다. 승부를 갈라 이기기만을 좋아하는자는 더 강한 적수를 만나 그 앞에 반드시 무릎을 꿇게 될 것이다. 모두 자초한 일인 것을, 누구를 탓하겠는가?

군자의 일 처리

군자가 일을 처리함은 민첩하지 않아서도 안 되지만 고요하지 않아서도 안 된다. 정밀하지 않아서도 안 되지만 정확하지 않아서도 안 된다.

君子處事, 不可不敏, 不可不靜, 不可不精, 不可不確.

민첩하게 처리하되 소리소문 없이, 수순을 놓치지 않고 깔끔하게 일을 마무리하는 것은 군자의 솜씨이다. 소인은 그 반대로 한다. 어차피 해야 될 일도 미적미적 차일피일 미루다 기회를 놓치고, 조그만 일도 크게 떠벌리고 다닌다. 이만하면 되겠지, 대강하고 보지 하는 식으로 일을 처리한다. 결국 일을 해결하는 것이 아니라 일을 더그르치고 만다. 그러고 나서도 정작 자신은 그 까닭을 알지 못한다.

성공과 실패

사람은 반드시 몹시 좋아하는 것으로 성공하게 마련이다. 그러나 또한 몹시 좋아하는 것 때문에 실패하기도 한다.

人必以所好深者成, 亦以所好深者敗.

일의 성공은 그 일에 대한 애정과 관심 없이는 이루어지지 않는다. 그저 어쩌다보니 일이 이루어지는 법은 없거니와, 그렇게 이루어진 일은 오래가지도 않는다. 그러나 결정적인 실패도 그 애정 때문에 초래될 수 있음을 또한 명심하지 않으면 안 된다. 애정과 관심도 중요하지만 정작 우선해야 할 것은 일을 처리하는 판단력과 시기를 놓치지 않는 분별력이다. 지나친 애정과 관심은 때로 이 판단과 분별을 흐리기 쉽다.

일 없는 즐거움

아무 일도 없을 때 지극한 즐거움이 있건만 사람들이 스스로 알지 못할 뿐이다. 뒤에 반드시 문득 이를 깨닫게 될 때는 이를 위해 근심하고 걱정하고 있을 때이다. 마치 먼젓번 원님이 편안하고 고요할 뿐 백성에게 별로 은혜를 베푼 것이 없어도, 후임의 원님이 조금 백성에게 사납게 하게 되면, 그제야 앞서의 원님을 그리워 마지않는 것과 같다.

無事時至樂存焉, 但人自不知耳. 後必有忽爾而覺, 爲此憂患時也.
如前官恬靜, 別無施惠於民, 及其後官稍猛驚民, 始思前官不已也.

아무 일 없는 것을 행복으로 알아야 한다. 늘상 일 속에 파묻혀 살다보면 아무 일도 없는 것이 외려 불안할 때가 있다. 그래서 공연히 없던 일을 만들고, 새 일을 벌인다. 지극한 즐거움이 바로 일 없는 가운데 있음을 모른다. 일 없는 것이 곧 안일을 뜻하지는 않는다. 일이 없다 해서 나태에 빠지고 타성에 젖는 것은 소인들의 일이다. 일 없을 때 정신을 맑게 하고 고요함을 길러 마음에 새로운 기운을 충만케 하는 것은 군자의 일이다.

옛사람과 지금 사람

　지금 사람이 옛사람에 미치지 못하는 것은 단지 지금 사람이 스스로 처하기를 옛사람이 자처하듯 하지 않기 때문이다. 좋은 일 닦아둠을 단지 옛사람만 안다면 반드시 뒷사람이 나를 기려 이렇게 말할 것이다. "예전의 어느 분이 이러이러한 좋은 일을 했으니 배울 만하다." 그 이른바 좋은 일이란 내가 오늘 닦아둔 바에 지나지 않는다.

　　今人之不及古人者, 只以今人自處, 不以古人自處故也. 若修置好事, 但知古人而已, 必有後人贊我曰: "某古人, 有某好事, 可學也." 其所謂好事, 不過吾今日所修置者也.

　옛사람의 자취를 본받고자 하는가? 옛사람과 같이 되고 싶은가? 그렇다면 마음가짐을 옛사람과 같게 지니면 될 것이다. 좋은 일을 즐겨하고, 생색내지 않으며, 진심으로 행하고, 보답을 구하지 말라. 그러면 뒷세상의 사람들은 나를 두고 옛사람의 아름다운 행실로 기리게 되리라. 오늘 우리가 기리는 옛사람도 그때에는 '지금' 사람이었을 뿐이다. 오늘까지 그의 자취가 남을 수 있었던 것은 그가 옛사람이었기 때문이 아니라 그가 한 일이 아름다웠기 때문이다. 그럴

진대 우리가 사모하는 옛사람이란 아마득한 과거의 사람이 아니라,
아름답게 살다간 사람일 뿐이다.

별도의 안목

　만물을 관찰함에는 별도로 안목을 갖추어야 한다. 나귀가 다리를 건널 적엔 단지 귀가 어떠한지를 보고, 비둘기가 뜰에서 거닐 적에는 다만 어깨가 어떠한지를 보며, 매미가 울 때는 단지 배가 어떠한가를 보고, 붕어가 물을 마실 적엔 단지 아가미가 어떠한지를 본다. 이는 모두 정신이 드러나 지극히 묘한 것이 깃드는 곳이다.

　觀萬物, 可別具眼孔. 驢度橋, 但看耳之如何. 鴿步庭, 但肩之如何. 蟬之鳴也, 但看脇之如何. 鯽之飮也, 但看腮之如何. 此皆精神發露, 而至妙之所寄處也.

　핵심을 찌르려면 그 정신이 집중되어 있는 핵심처를 살피면 된다. 아슬한 다리를 건널 때 나귀 귀는 저도 몰래 긴장해서 쫑긋 위로 선다. 비둘기가 마당을 어슬렁거릴 때는 어깨를 들이밀듯 뒤뚱뒤뚱 걷는다. 매미는 울 때마다 배가 벌렁벌렁한다. 붕어는 아가미가 벌름벌름 욕심 사납게 삼켰던 물을 도로 내뱉는다. 굳이 다 보지 않아도 알 수가 있다. 핵심을 잡아라. 두리번거리지 마라.

교활한 꾀

쥐 한 마리가 닭 둥우리 속에 들어가 네 발로 계란을 안고 하늘을 보고 누우면, 다른 한 마리가 그 꼬리를 물고 이를 당겨 둥우리 밖으로 떨어뜨린다. 그러고는 또 그 꼬리를 물어 이를 끌고서 쥐구멍으로 나른다. 병에 기름이나 꿀이 있으면 병에 걸터앉아 꼬리를 그 속에 넣고 더듬어서 이를 묻혀 나와서는 몸을 돌려 그 꼬리를 핥는다.

족제비 한 마리가 온몸에 진흙을 발라 머린지 꼬린지도 분간 못하게 하고서 두 앞발을 앞으로 오므려 밭두둑에 썩은 말뚝 모양으로 서 있는다. 다른 한 마리는 눈을 감고 숨을 참고서 그 아래에 뻣뻣이 누워 있는다. 까치가 와서 엿보다가 죽은 것으로 생각하고 이를 한 번 쪼으면 일부러 꿈틀 움직인다. 그러면 까치가 의심이 나서 뛰어 썩은 말뚝에 앉는다. 썩은 말뚝은 입을 벌려 그 발을 깨문다. 까치는 그제야 자신이 족제비의 머리에 앉은 것을 알게 된다.

온몸을 벼룩이 물어대면 나무 한 토막을 물고서 먼저 시냇물에 꼬리를 담근다. 벼룩이 물을 피해서 허리나 등 쪽으로 몰려가면 조금씩 담그고 조금씩 피해서 목이 잠길 때까지 물에 담근다. 벼룩이 나무에 죄 모인 뒤에야 나무를 물에다 버리고서 언덕으로 뛰어오른다. 누가 이를 가르쳤을까? 본래 말로 서로 깨우칠 수가 없는데, 설사 쥐 한 마리가 계란을 안고 들어누웠다손 치더라도 다른 한 마리가 그 꼬리를 무는 것을 어떻게 알았을까? 족제비 한 마리가 말뚝처럼 서 있을 때, 다른 한 마리는 그 몸을 뻣뻣이 할 줄 어찌 알았단 말인가? 이것이 어찌 자연이 아니겠는가? 비록 그렇지만 사람이 잔단 꾀를 부려서 교활한 짓을 일삼는 자가 있다면 쥐나 족제비의 부류일 것이다.

一鼠入鷄窠中, 四足仰抱鷄卵而臥, 一鼠啣其尾, 曳之墜于窠外. 則仍又啣其尾, 曳之輸于穴. 瓶有油或蜜, 蹲于瓶, 以尾探入于中, 塗之以出, 回身舐其尾. 一黃鼠渾身塗濁泥, 不辨首尾, 縮前二足, 人立于田畔如朽杙狀. 一黃鼠瞑目屏氣, 僵臥于其下. 有鵲來窺, 以爲死, 一啄之, 故蠢動. 則鵲疑躍而坐于朽杙. 朽杙開口噉其足. 鵲始知坐于黃鼠之首也. 渾身蚤咀, 廼啣一木, 先沈尾于溪. 蚤避水, 萃于腰脊, 隨沈隨避, 涔涔沒項, 蚤盡集于木然後, 捨木於水, 騰身於岸. 孰敎之乎? 本無言語相曉, 假使一鼠抱卵臥, 其一安知啣其尾乎? 一黃鼠作杙立, 其一安知僵其身乎? 是豈非自然乎? 雖然人有挾小術, 以肆狡黠者, 其鼠黃鼠之類乎.

쥐가 닭장에서 계란을 훔쳐내고, 족제비가 까치를 잡아먹는 것은 교활한 지혜이다. 족제비가 벼룩을 몰아내는 꾀는 영특하다. 누가 가르쳐주지 않아도 본능적으로 절로 알게 되는 것들이 있다. 그런데 정말 알아야 할 것들은 애써 모른 체하면서 몰라도 좋을 교활한 지혜만이 늘어간다. 하지만 까치도 죽은 족제비고기를 탐하다 화를 자초했으니 어쩌랴.

죽음에 이르는 어리석음

　사람이 사냥개를 시켜 사슴을 쫓게 하면 사슴은 반드시 재빨리 달아나고 개가 그 뒤를 뒤쫓는다. 거의 물어뜯을 만하면 사람은 개를 불러 먹을 것을 주며 쉬게 한다. 사슴은 반드시 개가 이르기를 기다리며 돌아보며 서 있는다. 개가 다시 이를 쫓다가 또 앞서와 같이 쉬고, 사슴은 또 전처럼 기다린다. 무릇 여러 차례 이렇게 하면 사슴은 힘이 다하여 거꾸러지고, 개가 이에 그 불알을 물어서 죽인다. 이것은 인仁인가 신信인가?

　곰과 범이 서로 싸울 때 범은 발톱과 어금니를 벌리고서 위세로 으르대니 그 힘을 씀이 온전하다. 곰은 반드시 사람처럼 서서는 우러러 키 큰 소나무를 꺾어 힘껏 내려친다. 한번 치고는 버려서 쓰지 않고, 다시 소나무를 꺾으니, 수고로움은 많고 힘은 나뉘어 마침내는 범에게 죽는 바가 되고 만다. 이것은 의義인가 정貞인가?

　사람이 골짜기에 나무를 가로 걸쳐놓고 나무에다 노끈으로 만든 올가미를 설치한다. 담비가 여러 마리 고기를 꿴 것처럼 줄줄이 나무를 건너다가 먼저 가던 놈이 머리를 올가미 가운데 시험 삼아 들이밀며 기분이 좋은 것같이 굴면, 뒤에 오던 놈이 앞을 다투어 머리를 들이밀어 잠깐 만에 주렁주렁 목 매고 죽어 한 놈도 남음이 없다.

이것은 순順인가 공恭인가?

   사람이 오직 한 가지로 치우친 견해를 지녀 능히 곡진히 하여 화통하지 못하는 자는 단지 명분 없는 일에 몸을 해치게 되니, 이것은 사슴이나 곰, 담비로 의관을 두른 자라 하겠다.

人嗾獵犬逐鹿, 鹿必疾走, 犬隨其後, 庶幾囓焉, 而人呼犬與飱休息. 鹿必竢犬至, 顧望而立. 犬復逐之, 而又如前休, 鹿又如前竢. 凡數度, 鹿力盡而躓, 犬廼囓其勢而斃之. 其仁耶信耶? 熊與虎相鬪也, 虎張爪牙, 挾之以威, 其用力也專, 熊必人立, 仰拉長松, 力擊之, 一擊而棄不用, 復拉松, 勞則多而力岐也. 終爲虎所殺. 其義耶貞耶? 人橫木于堅, 設繩套于木, 貂群魚貫而度木, 先行者, 以首試納于套中, 若甘心焉. 後至者, 爭先納首, 須臾間累累雉經, 無一遺焉. 其順耶恭耶? 人惟有一偏之見, 而不能委曲通暢者, 只戕身於無所名之事, 是鹿也熊也貂也, 而衣冠者也.

   저를 노리는 상대를 덮어놓고 믿다가 끝내 자신을 파멸로 몰아가는 사람이 있다. 제 역량을 지나치게 과신하여 함부로 날뛰다가 제 풀에 지쳐 거꾸러지는 자가 있다. 죽을 땅인지 살 땅인지도 모르고 마구 머리를 들이미는 인간이 있다. 남을 믿는 것이야 좋은 태도이지만 믿어야 할 것과 믿어서는 안 될 것을 분간치 못한 것은 잘못이다. 위엄을 갖추어 남이 나를 쉬 범접하지 못하게 하는 것은 훌륭하지만 융통성 없이 고지식한 것은 잘못이다. 남이 하는 대로 함께하는 것이 나쁘지는 않지만 주견도 없이 맹종한 것은 잘못이다. 사람은 융통성이 있어야 한다. 인순고식因循姑息하는 우직함만으로는 명분 없는 일에 제 몸을 해치고 만다.

하고 싶지 않은 일

음덕이란 귀울음과 같아 저 혼자는 알 수 있어도 남이 알게 해서는 안 된다. 내가 할 수 없으면서도 능히 하고 싶은 것이다. 남의 과실을 논하는 것은 마치 피를 머금어 남에게 내뿜는 것과 같아 먼저 그 입을 더럽히게 된다. 내가 하면서도 하지 않았으면 싶은 것이다.

陰德如耳鳴, 可自知, 不可使人知. 我不能而欲能者也. 論人過失, 如含血噴人, 先汚其口. 我爲而欲不爲者也.

귀에 이명이 나니 귀에서 아름다운 피리 소리가 들려온다. 그 아름다운 소리를 누군가와 나누고 싶지만 나눌 길이 없어 안타깝다. 내 마음속에서 싹터나는 착한 마음, 그러나 남몰래 선행을 베풀어 나 홀로 즐거워할 뿐, 그것을 남에게 뽐내지 않는다.

조그만 덕을 베풀고도 나는 그것을 자랑하고 싶어 입이 근질거린다. 남의 허물을 보고는 나는 또 가만있질 못한다. 하지만 그것은 붉은 피를 머금어 남에게 내뿜는 일이다. 남을 더럽히기 전에 제 입이 먼저 더러워진다.

해묵은 찌꺼기

바라건대 하늘이 내 가슴속에 해묵은 물건이 없게 하고, 사람들의 입속에서 엉뚱한 논의가 없게 해주었으면 한다.

願天使我胸中無宿物, 使人口中無橫議.

가슴께를 더듬어보면 가시 같은 것이 걸린다. 오래전 일들이 앙금으로 쌓이고, 풀어버려야 할 일들이 매듭으로 꼬여 있다. 이 해묵은 찌꺼기를 내 가슴속에서 통쾌하게 내몰아버릴 수만 있다면 얼마나 좋을까? 내가 남을 평가하며 살듯, 남들은 나를 어떻게 생각할까? 이런 생각을 하면 마음이 불편해질 때가 많다. 다만 바라기는 그들이 나에 대해 사실과 다른 왜곡된 판단을 하지 않았으면 하는 것이다.

접시꽃

새가 날 때는 반드시 먼저 남쪽으로 난 뒤에 다른 쪽으로 난다. 이虱가 갈 때는 반드시 북쪽으로 먼저 간 뒤에 다른 곳으로 간다. 각기 그 음양의 기운을 따르는 것이다. 접시꽃이 해를 향해 기우는 것은 품종이 편벽된 까닭이다. 내가 화분에 심어두고 매일 아침에는 동쪽으로, 한낮에는 바르게, 저녁에는 서쪽으로 기우는 것을 살펴보니 조금의 오차도 없었다. 바야흐로 그 동쪽으로 향하였을 때 화분을 옮겨 서쪽을 향하게 하였더니 잠깐만에 축 늘어져 죽고 말았다. 아! 내가 접시꽃으로 하여금 절개를 잃게 하였더니 접시꽃은 절개를 지켜 죽고 말았구나.

鳥之飛也, 必先南而後它之. 虱之行也, 必先北而後它之. 各從其陰陽之氣也. 葵花之傾日, 品種之偏也. 余種于盆, 觀其每日朝東午正夕西, 無一差. 方其東也, 移盆使西之, 少間低垂而死. 噫! 余使葵失節, 而葵守節而死也.

사물은 제 타고난 음양의 기운에 따라 움직인다. 접시꽃은 해만 바라보기에 임금 향한 일편단심으로 일컫는다. 아침엔 동쪽으로 기올다가 저녁엔 서쪽으로 기우니 누가 시켜 하는 것이 아니다. 그 자연의 기운을 거슬러 반대로 하면 접시꽃은 죽고 만다. 제 타고난 절개를 지켜 뜻을 잃을지언정 차라리 죽음을 택하는 접시꽃의 굳은 뜻을 단지 융통성 없다고 나무랄 것인가? 나는 자기 원칙에 충실하여 이런 매운 뜻을 지닌 사람을 만나보기 힘든 것을 애석해한다.

학을 춤추게 하는 법

내가 일찍이 학을 춤추게 하는 법에 대해 들었다. 깨끗이 청소한 평평하고 미끄러운 방에다 그릇이나 집기는 남기지 말고 다만 둥글게 잘 구르는 나무 한 개를 놓아두고 학을 방 가운데 가둔다. 온돌에 다 불을 때어 방을 뜨겁게 달구면 학은 제 발이 뜨거운 것을 견디지 못해 반드시 구르게 되어 있는 둥근 나무 위에 올라가 섰다가는 넘어지니, 두 날개를 오므렸다 폈다 하기를 쉴새없이 하고, 굽어보고 올려보기를 끊임없이 한다. 그때 창밖에서 피리를 불고 거문고를 연주하여 떠들썩하게 소리를 내어 마치 학이 자빠지고 넘어지는 것과 서로 박자를 맞추듯이 하면 학이 마음은 열 때문에 번잡하고, 귀는 소리 때문에 시끄럽다가도 이따금 기뻐하며 그 수고로움을 잊는다. 그렇게 한참 지난 후에야 놓아준다. 그뒤 여러 날이 지나 또 피리를 불고 거문고를 연주하면 학이 갑자기 기쁜 듯이 날개를 치고 목을 빼어들며 박자에 맞추어 날개를 펄떡인다. 기이한 꾀와 묘한 계책이 한결같이 여기에 이르게 되니, 이로부터 만물은 모두 그 자연스러움을 보전하지 못할 따름이리라.

장자는 "말과 소는 천성인데 머리에 고삐 매고 코를 뚫는 것은 인위이니, 이것은 통하게 하려다 도리어 막히는 것"이라고 말했지만,

고삐 매고 코뚜레를 뚫는 것 또한 천성이다. 만약 고삐와 코뚜레가 없으면 말과 소의 성질을 이끌어낼 수가 없다. 그 머리와 코를 보면 이미 천생으로 고삐 매고 뚫을 만한 형세가 있으니 이것이 천성이 다. 이른바 인위라는 것은 학을 춤추게 하는 종류 같은 것이라고나 할까?

余嘗聞舞鶴法. 當淨掃平滑之房, 不留器什, 只置圓轉之木一箇, 囚鶴於房中. 爇火于堁, 使房熱烘, 鶴不耐其足熱, 立於圓木必流轉, 乍立乍躓, 兩翮翕張無常, 俯仰不已. 其時窗外吹竹彈絲, 喧闐嘲轟, 若與鶴之顚倒相節奏者, 鶴心煩于熱, 耳鬧于聲, 有時而悅, 忘其勞. 旣久之廼放. 後多日又吹竹彈絲, 鶴忽欣然鼓翼矯頸, 應節翩翻矣. 奇謀妙計, 一至于此, 自是萬物皆不全其自然爾. 莊子謂馬牛天也, 絡首穿鼻人也. 此欲通而反塞也. 絡之穿之亦天也, 若不絡不穿, 不可以導馬牛之性也. 看它首它鼻, 已有天生可絡可穿之形勢, 此天也. 其所謂人者, 舞鶴之類歟?

말에 고삐를 매고 소에 코뚜레를 하는 것은 소와 말을 부리기 위해 어찌할 수 없는 천연의 형세이다. 말고삐가 없이 말을 어찌 몰겠는가. 코뚜레를 하지 않고 어떻게 밭을 갈까? 그렇지만 빈방에 불을 때서 둥근 통나무 위를 구르게 하여 억지로 춤을 추게 하는 것은 참으로 못할 일이다. 더욱이 그 학이 멀리 날지 못하게 날개의 힘줄까지 자른다. 그러면서 선비의 고아한 운치라고 뽐낸다면 너무하지 않은가? 누가 학에게 춤 가르치는 이런 방법을 생각해냈을까?

마음의 여유

    그 마음이 드날리며 또 물건에 크게 빠져 일정함이 없기보다는, 차라리 시답잖은 놀이에라도 잠시 마음을 붙여 순하게 펴서 그 번다하고 조급함을 잊는 것이 낫다.

    與其心飛揚, 而且大溺于物, 無所定也, 寧細弄碎戲之稍寓心而 順暢, 忘其煩躁也.

    들뜬 마음을 가라앉히지 못해 공연히 번잡스런 사람들이 있다. 그들은 옆에 있던 사람마저 불안하게 만든다. 물건을 향한 과도한 집착 때문에 평상심을 잃고 마는 사람들이 있다. 그것을 손에 넣고야 말겠다는 생각으로 그는 다른 어떤 일도 할 수가 없다. 그럴 때는 차라리 바둑이라도 한판 두면서 마음의 조급함을 가라앉히는 여유가 필요하다. 부글부글 끓던 마음과 머리를 식힐 필요가 있다.

눈 감으면

번뇌에 겨울 때 눈을 감고 앉았노라면 눈동자와 눈꺼풀 사이에 하나의 빛깔 있는 세계가 만들어진다. 붉고 푸르고 검고도 흰 것이 번쩍번쩍 흐르는데 무어라 이름지을 수가 없다. 어느새 뭉게뭉게 이는 구름이 되었다가 또다시 넘실넘실 출렁이는 물결이 되고, 또다시 무늬 비단이 되더니만, 흩뿌려진 꽃떨기가 되어버린다. 어떤 때는 구슬이 번쩍번쩍 빛을 내는 듯도 하고, 어떤 때는 낟알을 뿌려놓은 것 같기도 한데, 잠깐 사이에 변해 없어져버려 판판이 새로우니, 이것으로 한바탕 번잡한 근심을 해소할 수가 있다.

煩惱時闔眼坐, 睛膜之間, 作一着色世界, 丹綠玄素, 煜燦流蕩, 不可以名. 一轉而爲勃勃之雲, 又一轉而爲瑟瑟之波, 又一轉而爲繢錦, 又一轉而爲碎花. 有時而珠閃, 有時而粟播, 變沒須臾, 局局生新, 足可銷一場繁憂.

책에도 마음을 붙일 수 없는 시간에는 차라리 눈을 감자. 눈을 감으면 새롭게 떠오르는 세계가 있다. 요지경 속처럼 한번 눈을 떴다 감을 때마다 새로운 빛깔과 모양 들이 피어난다. 저것은 무슨 모양

일까? 또 저것은? 그 현란한 빛깔과 모양을 쫓아가다보면 가슴속의
번잡스럽던 그 근심들이 어느새 간곳없다.

참된 정

　참된 정을 폄은 마치 고철이 못에서 활발히 뛰고, 봄날 죽순이 성난 듯 땅을 밀고 나오는 것과 같다. 거짓 정을 꾸미는 것은 먹을 반반하고 매끄러운 돌에 바르고, 기름이 맑은 물에 뜬 것과 같다. 칠정 가운데서도 슬픔은 더더욱 곧장 발로되어 속이기가 어려운 것이다. 슬픔이 심하여 곡하기에 이르면 그 지극한 정성을 막을 수가 없다. 이런 까닭에 진정에서 나오는 울음은 뼛속으로 스며들고, 거짓 울음은 터럭 위로 떠다니게 되니, 온갖 일의 참과 거짓을 미루어 짐작할 수가 있다.

　眞情之發, 如古鐵活躍池, 春筍怒出土, 假情之餙, 如墨塗平滑石, 油泛淸徹水. 七情之中, 哀尤直發難欺者也. 哀之甚至於哭, 則其至誠不可遏. 是故眞哭骨中透, 假哭毛上浮. 萬事之眞假, 可類推也.

　고철을 연못 속에 넣으면 바짝 말랐던 쇠가 부글부글 끓으며 이리저리 돌아다닌다. 우후죽순이라 했던가? 봄날 비 온 뒤 땅을 뚫고 솟는 죽순의 기세는 무언가에 화가 나 맨머리를 들이미는 기세다.

마음에서 우러나오는 참된 정은 이렇듯 걷잡아 주체할 수가 없다. 그러나 가식으로 꾸민 마음은 물위에 뜬 기름처럼, 돌 위에 겉도는 먹물처럼 따로 놀게 마련이다. 인간의 여러 정서 중에서도 슬픔의 정서는 거짓으로 꾸며낼 수가 없다. 뼛속에 사무치는 그 슬픔은 겉 꾸미는 꾸밈만으로는 표현할 수가 없다. 진짜와 가짜가 즉시 판명된다. 그러나 어찌하리. 세상에는 가짜가 더 진짜같이 행세하는 일이 너무도 많은 것을.

가사어

지리산 속에는 연못이 있는데, 그 위에는 소나무가 죽 늘어서 있어 그 그림자가 언제나 못에 쌓여 있다. 못에는 물고기가 있는데 무늬가 몹시 아롱져서 마치 스님의 가사와 같으므로, 이름하여 가사어 袈裟魚라고 한다. 대개 소나무의 그림자가 변화한 것인데, 잡기가 매우 어렵다. 삶아서 먹으면 능히 병 없이 오래 살 수 있다고 한다.

智異山中有湫, 湫上松樹森列, 其影恒積于湫. 有魚文甚斑爛, 若袈裟, 名爲袈裟魚. 盖松影所化也. 得之甚難, 烹食則能無病長年云.

지리산 깊은 소에는 물고기가 살고 있다. 못 위로 허구한 날 비치는 소나무 그림자를 보고 제 몸의 무늬마저 그 그림자와 같게 만든 물고기가 살고 있다. 사시장철 푸르른 낙락한 소나무의 기상을 닮아 삶아먹으면 병도 없어지고 오래 살 수 있게 해준다는 물고기가 살고 있다. 아! 나도 그 못가에서 살고 싶구나. 그래서 그 무늬를 내 몸에도 지녀두고 싶구나.

도학과 문장

도학은 옛것을 따를 수 있지만, 문장은 새롭게 고쳐야 한다. 성性은 한결같기에 이理이고, 재才는 만 가지로 달라지니 기氣인 때문이다.

道學可因, 文章可革. 性一也理也, 才萬也氣也.

삶의 이치는 옛날과 지금이 다를 수 없다. 그러나 그것을 담는 그릇은 시대마다 같지가 않다. 문체는 생각을 담는 그릇이다. 그 그릇은 만 가지로 바뀌어도 바뀌지 않는, 바꿀 수 없는 정신이 있다. 그 정신이 있기에 인간은 인간다울 수가 있다. 그렇지만 무조건 옛것을 따르기만 해서는 우리가 살아가는 의미가 없다. 새 술은 새 부대에 담아라. 나의 향기, 나의 목소리를 지녀라.

졸렬한 사람

졸렬한 사람은 외람되지가 않다. 외람되지 않으면 깨끗하다. 깨끗하면 곧게 된다. 아아! 졸렬한 사람은 누구일까?

拙者不濫, 不濫則潔, 潔則直. 噫! 拙人誰也.

졸렬하다는 것이 멍청함을 뜻하지는 않는다. 오히려 저 자신을 잘 알아 멈출 때에 멈출 줄 아는 사람을 말한다. 그는 무리하지 않기에 외람되이 정도에 넘치는 행동을 하지 않는다. 정도에 넘치지 않으므로 제 몸을 깨끗이 보존한다. 제 몸이 깨끗하니 떳떳하여 부끄러움이 없다. 아! 정직함을 지닌, 깨끗한 사람은 어디에 있는가? 외람되지도 아니하고 졸렬함을 지키며 사는 사람은 어디에 있는가?

웃음의 격

웃음에는 세 가지 등급이 있다. 기뻐서 웃고, 강개하여 웃으며, 마음이 맞아도 웃는다. 사람은 누구나 이런 웃음이 있을 수 있다. 대저 남을 모욕하느라 웃고, 아양 떠느라 웃는 것은 붓 하나로도 감당할 수가 있다.

笑有三品. 喜而笑, 慨然而笑, 雅諧而笑, 人皆可以有此也. 夫侮而笑, 媚而笑, 可一筆句當.

기뻐 웃는 것은 사람의 상정이다. 비분강개할 때도 격한 감정을 누르느라 씩 웃는 수가 있다. 마음이 맞는 사람과 만나 웃는 환한 웃음은 보기에도 상쾌하다. 그러나 남을 비아냥거리는 비웃음, 아첨에 겨운 비굴한 웃음도 있다. 야비한 웃음이다. 이런 거짓 웃음은 금세 알아볼 수가 있다. 웃음에도 격이 있다.

가난

가장 으뜸가는 것은 가난을 편안히 여기는 것이다. 그다음은 가난을 아예 잊어버리는 것이다. 가장 낮은 것은 가난을 꺼리고, 가난을 호소하며, 가난에 짓눌리다가 가난에 부림을 당하는 것이다. 그보다 더 아래는 가난을 원수로 여기다가 가난에 죽는 것이다.

太上安貧, 其次忘貧. 最下諱貧訴貧, 壓於貧, 僕役於貧. 又最下, 仇讐於貧, 仍死於貧.

가난은 부끄러운 것이 아니다. 단지 불편할 뿐이다. 그러나 그 불편이란 것도 내가 가난하다는 사실을 마음에 두고 있다는 징표가 아닌가? 가난을 동무 삼아 편안히 같이 지낼 수 있으려면 얼마만큼의 인내가 필요할까? 내가 가난한지조차 잊는 망각의 경지도 아득하게만 여겨지니 말이다. 가장 슬픈 것은 가난에 찌들어 이 눈치 저 눈치 보며 살다 가는 인생들이다. 그들은 가난을 수치로만 알아, 잔뜩 주눅이 들어 결국 가난 앞에 자신의 인생을 침몰시키고 만다.

미묘한 차이

옛사람이 말하였다. "아끼더라도 그 나쁜 점을 알고, 미워하더라도 그 좋은 점을 알아야 한다." 이는 천하의 공정한 마음이니 넓고 크면서도 곡진하다. 또 말하기를, "나쁜 점은 감추고 좋은 점은 드러낸다"고 하였는데, 이는 대개 남에게 처신하는 말인지라 별로 곡진한 데가 없다. 또 말하기를, "착한 일 보기를 자기가 한 듯이 하고, 나쁜 일 보기를 자기의 병통같이 하라" 하였다. 이는 두 가지를 분별한 것이니 진심으로 측은해하는 마음이기는 해도 조금 모난 구석이 드러나 있다.

古人曰: "愛而知其惡, 惡而知其善." 此天下之公心, 廣大而且委曲. 又曰: "隱惡而揚善." 此大統處人之言, 別無委曲也. 又曰: "見善如己出, 見惡如己病." 此分別二者, 眞心惻怛, 而稍露圭角也.

그 장점은 높이 사되 단점에 대해서도 알지 않으면 안 된다. 장점에 팔려 단점을 보지 못하거나, 단점만 살피고 장점은 외면한다면 사람을 만나는 바른 도리라 할 수 없다. "나쁜 점은 감추고 좋은 점은 드러낸다"는 말이 참 좋은 말임에는 틀림없다. 그러나 왠지 그 말

에는 정치적 계산이 담겨 있는 느낌이 든다. 말에는 참 미묘한 구석
이 있다. 따지고 보면 같은 마음자리에서 나왔는데도 작은 차이들
이 감지된다. 어찌 삼가고 삼가지 않으랴.

느낌

    문인이나 시인은 좋은 계절 아름다운 경치를 만나면 시 쓰는 어깨에선 산이 솟구치고, 읊조리는 눈동자엔 물결이 일어난다. 어금니와 뺨 사이에서 향기가 일고, 입과 입술에선 꽃이 피어난다. 그러나 조금이라도 분별하여 따지는 마음을 숨김이 있으면 크게 흠결欠缺이 된다.

    騷人韻士, 佳辰媚景, 詩肩聳山, 吟眸漾波, 牙頰生香, 口吻開花. 少有隱機, 大是缺典.

    일생에 득의의 때는 몇 번 오지 않는다. 회심의 시간도 흔히 만날 수 없다. 좋은 계절에 마주하는 아름다운 경치는 마음의 창을 활짝 열어준다. 절로 신명에 겨워 들먹이는 어깨가 있고, 눈길이 닿는 곳마다 파르르 이는 물결 같은 파문이 있다. 그때 내 입술은 꽃다운 향기가 되어 화안한 꽃동산이 눈앞에 펼쳐진다. 분별하여 따지는 마음, 즉 기심機心을 다 던져두고 열린 마음으로 사물과 만날 때 나는 산이 되고 물결이 되고, 향기가 되고, 꽃이 된다.

메조밥

시내는 맑고 바위는 시원하다. 붉은 잎을 주워다가 메조밥을 지으니, 구수한 향기가 진동을 한다.

溪淸石凉. 拾紅葉爨黃粱, 越添潤香.

하늘빛을 닮아 맑은 가을 시내. 바위 위로 비치는 햇살도 이젠 시원하구나. 푸른 시냇가에서 여름날의 뜨거운 열정을 다 사르고 사위어진 낙엽을 태워 메조밥을 짓는다. 밥 짓는 연기 하늘로 오르더니 구수한 내음이 솔솔 풍겨나온다. 인생이 덧없기 낙엽인가 했더니, 연기처럼 흩어지는 속에서도 감추어둔 향기가 있구나.

복 있는 사람

손님이 말했다.

"배가 부를 때에는 책 읽기가 좋지 않아 단지 누워 자고픈 생각뿐이다. 뱃속이 조금 시장기가 있어야 책 읽기가 맛이 있음을 문득 느끼게 되고, 책 읽는 소리도 어느새 공중에 뜨게 된다. 부귀가 좋은 일이나 독서 또한 좋은 일이다."

그래서 비로소 두 가지 좋은 일을 함께 누리는 사람이야말로 천하에 복 있는 사람임을 알게 되었다.

客曰: "肚裡飽, 不利讀書, 只思臥睡. 肚裡略略有飢氣, 讀書頓覺有味. 咿唔之聲, 忽泛空中. 富貴好事也, 讀書亦好事也." 始知兩好事兼享者, 天下有福人.

아! 그는 배부를 때도 있구나. 포만감에 취해 졸음이 쏟아질 때도 있구나. 그러면서 그는 독서의 즐거움을 느낄 줄도 아니 참으로 유복한 사람이라 하겠다. 한끼 밥 배불리 먹어봄 없이 주림을 참고 책만 파고드는 나 같은 책벌레도 있는데 말이다.

세상 사는 일

지극히 고요하므로 말을 함부로 한다고 말하지 말아라. 담에 붙은 귀를 두려워할 만하다. 깜깜하니 마음을 놓는다고 말하지 말아라. 방을 엿보는 눈을 두려워할 만하다. 지극히 소심하게 되면 무릇 담벼락에 난 구멍도 환히 뚫려 귀만 같고 눈만 같다. 나귀의 귀가 쫑긋쫑긋하고 소의 눈이 꿈벅꿈벅 응시하면서 가만히 귀를 기울여 마치 무슨 생각이라도 있는 듯한 것은 모두 질박하고 전일하기 때문이다.

莫謂至靜而失言, 屬垣之耳可怕, 莫謂至暗而放心, 瞰室之眼可懼. 小心之極, 凡墻壁之孔竅通明, 如耳如眼者, 驢耳之軒軒, 牛眼之炯炯凝視, 而寂聽似有意, 則皆洞洞屬屬也.

아무도 없다 하여 말을 함부로 말 것이, 담에도 귀가 있는 까닭이다. 어두운 곳에서 남몰래 나쁜 짓을 해도 어딘가에서 그것을 지켜보는 눈이 있다. 나귀가 귀를 쫑긋 세우듯, 소가 눈을 둥그렇게 꿈벅거리듯 세상 살아가는 일은 살얼음을 밟듯, 범 꼬리를 딛듯 조심조심할 일이다.

말귀

무심히 한 말을 유심히 들으면 세심함에 빠져 잔단 사람됨을 면치 못한다. 유심히 하는 말을 무심히 듣게 되면 소루함에 잃음이 있지만 좋은 사람이 되는 데는 해되지 않는다. 무심한 말을 유심히 들으면 재앙이야 비록 이르지 않는다 해도 귀신이 반드시 이를 도모할 것이다. 유심히 하는 말을 무심히 듣는다면 재앙이 이미 이르렀다가도 하늘이 반드시 이를 불쌍히 여길 것이다. 무심한 말을 무심히 들음은 점화點化를 잘함이니 유심한 것과 같고, 유심한 말을 유심히 들음은 응접應接을 잘함이니 무심한 것과 같다.

無心言有心聽, 傷於密而不免爲細人, 有心言無心聽, 失於疎而
不害爲好人. 無心言有心聽, 殃雖未至, 鬼必謀之矣, 有心言無心
聽, 災或已至, 天必憐之矣. 無心言無心聽, 善於點化, 則若有心
也, 有心言有心聽, 善於應接, 則無心也.

뜻 없이 한 말을 심각히 들어 곡해가 생긴다. 뼈 있는 말을 흘려들어 손가락질을 받는다. 뜻 없이 한 말은 무심히 넘기고, 뼈 있는 말은 새겨들을 줄 아는 귀가 있다면 좀 좋을까? 아무것도 아닌 말을 심각하게 듣는 사람은 옹졸한 사람이다. 새겨들으라고 한 말을 농담처럼 듣는 사람은 성근 사람이다. 그러나 뒤탈은 털털한 쪽이 아무래도 적다. 말귀를 알아듣는 데도 단수가 있다.

수다와 침묵

시끄러운 사람은 일 만들기를 좋아하는 사람이다. 일 만드는 것이 지나치게 되면 우환이 이른다. 혼자 말없는 사람은 능히 일을 줄이는 사람이다. 일을 오랫동안 줄여나가다보면 즐거움이 오래간다.

鬧熱人, 是喜生事人. 生事之極, 憂患至矣. 孤寂人, 是能損事人. 損事之久, 歡樂永矣.

잠시도 가만있지 못하고 떠들어대는 사람들이 있다. 이들은 없던 일을 만들고 잘돼나가던 일을 꼬이게 만든다. 제딴에는 수단을 뽐내고 역량을 과시하겠다고 설쳐대지만 되는 일이 없고 근심만 더한다. 그래도 이들은 남의 탓만 할 뿐, 반성할 줄 모른다. 묵묵히 침묵을 사랑하는 사람도 있다. 그들은 주변에서 하나둘씩 거추장스러운 일들을 덜어나간다. 일상에서 번다한 일들을 걷어내자, 오랫동안 나를 옭죄던 아집들이 말끔히 가셔지고, 세상의 그물에서 놓여나는 즐거움이 오롯이 내게 다가왔다.

처신

남이 나를 저버릴지언정 내가 남을 저버리지는 말아야 한다. 평탄하고 드넓고 쉽고도 곧게, 천리마를 타고 큰길을 내달리듯 하되 조금도 돌아보거나 곡해함이 없어야 한다.

寧人負我, 無我負人. 坦蕩易直, 如騁良驥馳大道, 無少回曲.

세상을 살다보면 본의 아니게 서로 상처를 입고 입히는 수가 있다. 부득이 그런 일이 있더라도 그가 내게 먼저 등을 보이게 할 일이지, 내가 먼저 그에게 등돌리지는 않으리라. 설사 그가 의롭지 않은 일을 했더라도 나는 그를 감싸안으리라. 평탄하고 드넓은 길을 뚜벅뚜벅 곧장 걸어갈 뿐, 뒤돌아 음해하거나 마음을 속여 남에게 상처를 입히는 짓은 결코 하지 않으리라.

욕심과 욕됨

욕심이 없어야만 욕됨이 없다. 단지 남의 것을 빼앗아 제 몸을 살찌우려는 마음만 있다면 사람이 장차 어찌 견디겠는가? 마침내는 남에게 빼앗기는 바가 되고 말리라.

惟無欲, 廼無辱. 只有剝人肥身之心, 人將何堪? 畢竟爲人所剝.

욕되지 않은 삶을 살고 싶은가? 욕심을 버리면 된다. 남의 것을 빼앗아 제 배를 채우려 들지 말아라. 당장에 배는 불러도 종당에는 소화도 시키지 못한 채 뱉어내야 하리라. 욕심은 내려가지 않는 음식과 같다. 결코 내 살로 가지 않는다. 않을 뿐더러 마침내는 남에게 손가락질을 입어 버림받게 된다.

미혹

갑은 소를 타고 을은 말을 타고 와 여관에서 잤다. 새벽에 떠나면서 갑은 말을 타고 을은 소를 타고서 갔다. 서둘러 가느라 갑은 소를 타고 을은 말을 탄 줄로 믿어 의심치 않다가 날이 밝아 털빛이 달라서 보니 갑은 말을 타고 을은 소를 타고 있었다.

甲跨牛乙跨馬. 宿旅館, 曉將發, 甲跨馬乙跨牛去. 駸駸信無疑甲跨牛乙跨馬. 日旣紅, 毛色異, 甲跨馬乙跨牛.

타고 온 제 말과 제 소의 잔등조차 날이 어둡고 보니 살피질 못했구나. 우리 하는 일이란 늘 이 모양이다. 문제는 여기에 있는데 해답은 저기서 찾고, 가려운 것은 제 다리건만 남의 다리만 자꾸 긁는다. 쇠등을 말 등으로 알다가 날이 밝고서야 이를 아니, 삶의 자리가 자꾸 미혹되이 엉킨다.

붉은빛

아침 안개는 진사辰砂처럼 붉고, 저녁 노을은 석류꽃처럼 붉다.

朝霞辰砂紅, 夕霞榴花紅.

아침에 피어나는 안개의 빛깔과 저녁 산에 걸려 있는 노을빛에는
아련한 붉은빛이 어리어 있다. 같은 붉음이라도 같지가 않구나. 같고
도 다른 빛깔들의 잔치 속에 내 삶의 그리메가 더욱 아련해진다.

음덕

남에게 돈이나 재물을 베풀면서 미간에 애써 억지로 하는 빛이 있으면 음덕을 크게 덜게 된다.

施人錢財, 眉有勉强色, 大損陰德.

베풀었거든 보답을 구하지 말아라. 생색내지 말아라. 내민 손길이 무색해진다. 음덕은 보이지 않게 쌓인다. 사람의 만남에 '사이'가 없다면 얼마나 좋을까? 이리저리 계교하는 마음, 서로 베풀기만 하고 서로에게 상처를 주는 마음이 없다면 좀 기쁠까? 너와 나의 사이에 구름을 걷어내고 환한 가을 하늘을 열자.

빗줄기의 모양

공중의 빗줄기는 잡아 살펴볼 수가 없다. 가령 살펴볼 수 있다면 그것은 둥근 기둥 모양일까, 아니면 여섯 모로 되었을까?

空中之雨脚, 不可把而玩也. 假使玩, 其圓徑乎, 其六稜乎?

내리는 빗줄기를 정지태로 포착할 수 있다면 둥근 원기둥일까? 육각면체일까? 나는 그것이 종내 궁금하다. 눈[雪]은 그 결정이 여섯 모이니 그것이 녹아 된 물도 혹 그렇지 않을까? 나는 그런 것이 궁금하다. 괜히 알고 싶다. 그는 무슨 이런 생각을 하고 살았을까?

열매 없는 꽃

능히 해박하면서도 저술로 엮지 못함은 열매 없는 꽃과 같으니 금세 떨어지지 않겠는가? 저술은 잘 엮으면서 널리 해박하지 못하다면 근원 없는 물과 한가지라, 어느새 말라버리지 않겠는가?

能淹博而不能纂著, 猶無實之花, 不已落乎? 能纂著而不能淹博, 猶無源之泉, 不已涸乎?

쌓아만 두고 그것을 저술로 묶어 정리하지 않는다면, 그는 열매 맺지 못하는 꽃일 뿐이다. 잠시의 아름다움을 나타내다가 어느새 진흙 속에 떨어지고 말리라. 온축도 없이 쓰기에 바쁜 사람들이 있다. 그들은 근원이 고갈되어가는지도 모르고 마구 퍼 쓴다. 바닥이 드러났을 땐 돌이키기가 너무 늦었다. 근원은 막혀버려 갈증을 적셔줄 수가 없다.

깨달음

농사짓고 장사하는 집에서 생장하여 사방을 둘러봐도 스승과 벗이 없는데 능히 문장의 묘리를 깨달아 통쾌하게 티끌에 물듦을 벗어날 수 있다면 이는 부처가 될 수 있는 자질이다. 문헌의 집안에서 스승과 벗이 많고 서적 또한 많은데도 죽을 때까지 거칠고 무딘 사람은 장차 어찌할 것인가? 아아! 슬프도다.

生長農商家, 四顧無師友, 能妙悟文章, 快脫塵染, 是成佛之資. 地則文獻, 多師友, 又多書籍, 終年鹵莽者, 將若之何? 嗚呼悲哉!

곤핍한 환경은 때로 사람의 뜻과 기상을 꺾어버린다. 그러한 가운데서 떨쳐 일어나 큰 문장을 이룬다면 참으로 아름다운 일이다. 넉넉한 환경은 오히려 사람의 정신을 나태케 한다. 주위에 제 아무리 훌륭한 스승과 벗이 있고, 귀한 책이 쌓여 있어도 끝내 마음의 미혹을 걷어내지 못하는 사람이 있다. 안타까운 일이다. 중요한 것은 정신에 있을 뿐, 물질의 풍요와 결핍에 있는 것이 아니다.

두렵고 민망한 일

정말 두려워할 만한 것은 조금 재주가 있다 하여 기운을 부리는 것이다. 참으로 민망한 일은 오로지 알맹이도 없이 말로만 떠들어대는 것이다.

可怕可怕, 薄有才而使氣. 可憫可憫, 專無實而嘵辯.

작은 재주를 믿고 함부로 나대는 것보다 꼴불견이 없다. 제가 휘두른 도끼로 제 발등을 찍게 되리라. 속에 든 것도 없이 떠들어대는 허망한 허풍은 옆에 있는 사람을 민망하게 만든다.

군자의 품속

하늘이 높고 아득하지 않아도 만물이 모두 하늘에 덮여 노니니, 그 텅 빈 것이 모두 하늘인 까닭이다. 이는 마치 물고기가 물속에서 노니는 것과 마찬가지다.

天非高遠也, 萬物咸被天而遊, 以其空虛者, 盡天也. 猶魚被水而遊也.

태산이 적연히 움직이지 않고 서 있어도 뭇 산이 그 아래 머리를 조아리듯 군자의 기상은 범접할 수 없는 무게가 있어야 한다. 물고기가 물속을 노닐면서도 정작 제가 물속에 있는 것을 잊고 노닐듯, 하늘이 삼라만상을 그 품에 끌어안듯, 군자의 품은 그렇듯이 넉넉해야만 하리라.

아무 일도 없을 때

낮에 아무 일도 없을 땐 밝은 하늘을 바라본다. 밤에 아무 일도 없으면 두 눈을 감는다. 밝은 하늘을 바라보노라면 내 마음이 평탄해지고, 두 눈을 꼭 감으면 마음이 편안해진다.

畫無事, 觀天白, 夜無事, 闔眼. 觀天白, 心坦然, 闔眼, 心怡然.

일 없을 땐 고개 들어 하늘을 본다. 이 대지 위에 두 발을 딛고 살아가는 일은 얼마나 경이롭고 설레는 일이냐. 일 없을 땐 두 눈을 꼭 감아본다. 두 눈을 감아도 오히려 더 또렷이 떠오르는 세계가 있다. 마음의 눈을 열어 그 세계와 만나면 내 가슴속에서 피어나는 기쁨의 소리가 있다.

절개와 도량

높은 절개는 서리보다 차갑고, 아름다운 도량은 봄날처럼 따스하다.

峻節霜凜, 雅度春溫.

서리보다 차가운 절개, 봄날인 양 따스한 마음. 이 두 가지를 지니고 사는 삶에는 누추함이 깃들지 않는다. 허망한 욕심으로 안을 채우고, 겉으로만 고상함을 외쳐대는 사람들이 있다. 처한 상황에 따라 봄눈 녹듯 스러져버릴 그런 절개는 절개가 아니다. 차고 매운 절개를 지녔으되 봄날처럼 따스하게 남을 감싸안는 도량까지 갖출 수 있다면 다시 더 무엇을 바라랴!

고상한 사람

　고상한 사람이 속인과 마주하면 졸음이 오고, 속인이 고상한 사람과 마주해도 졸음이 온다. 서로가 맞지 않기 때문이다. 속인의 졸음은 비루하여 말할 것도 없겠으나, 고상한 사람의 졸음은 어찌 이다지도 속이 좁은가? 만약 참으로 고상한 사람이 있다면 반드시 졸지 않을 터이니, 왜 그런가? 능히 남을 포용하기 때문이다.

　高人對俗人睡, 俗人對高人睡, 以其不相入也. 俗人睡, 鄙無論, 高人睡, 何其陝也? 若有眞高人, 必不睡, 何也? 能容人也.

　서로 마주앉아 있지만 마음은 서로 천리 밖에 있구나. 사람과 사람의 마음 사이에 서로 다른 길이 있어 통하지 않는다. 속인의 졸음이야 그렇다손 치더라도 고상한 사람의 졸음은 상대를 업수이 여기는 마음이 끼어든 것이다. 남을 업수이 여기면서 어찌 고상함을 말하는가. 그는 고상한 사람이 아니다. 교만한 사람일 뿐이다. 아! 지척에 있어도 마음은 천리인 그런 만남보다, 천리 떨어져 있어도 마음은 지척인 그런 만남을 가꾸고 싶다. 넉넉한 품을 지니고 싶다.

감식안

문장은 하나의 기예일 뿐인데도 오히려 우아하고 속된 것과 진짜
와 가짜의 구별이 뒤섞여 있으니, 산수를 어찌 능히 품평하고 인물
을 어찌 능히 감식할 수 있겠는가? 공평한 마음을 지닌 자는 문장을
알아보나, 편견을 고수하는 자와는 입과 혀로 다툴 수가 없다.

文章一藝耳, 尚渾混於雅俗眞贋之辨. 山水何能品, 人物何能
鑑? 持公心者, 識文章, 偏見之守, 不可以口舌諍.

글에도 진짜와 가짜가 있다. 우아한 글과 속된 글이 있다. 진짜 글
인지 가짜로 시늉만 낸 글인지 분간조차 못하는 안목으로야 무엇을
말할 수 있겠는가? 산수의 좋고 나쁨, 인물의 역량을 헤아려 살피는
일은 더구나 감당할 수 있는 바가 아니다. 문장에 대한 안목은 공정
한 마음에서 비롯된다. 자신의 취향이나 기호에만 얽매여 남의 말
에 귀기울일 줄 모르는 사람과는 더불어 다투지도 말 일이다.

보검

　태평한 세상에서는 보검이 쓸데없지만, 때로 뜨거운 술로 신에게 제사 지낸다. 왼편으로 휘두르고 흘겨보며 말하기를,

　"난신亂臣과 역자逆子야! 어디로 도망갈 테냐?"

하고, 오른편으로 휘두르고 째려보며 말하기를,

　"남을 모함하고 간사한 자들아! 어디로 달아날 텐가?"

한다. 등불 가까이에 대고 보면 시퍼런 칼날이 문득 가을 물과 같다.

　升平之世, 寶劍無用, 時以熱酒酹神. 左揮而睨曰: "亂臣逆子, 安所逃乎?" 右揮而睨曰: "譖夫壬人, 安所逃乎?" 逼燈而觀, 靑熒之鋩, 頓如秋水.

　갑 속에서 울고 있던 보검을 꺼내 검신劍神에게 제사 지낸다. 술을 뜨겁게 덥혀 이를 머금어 칼에다 뿜고서, 좌우를 둘러보며 나라를 어지럽히는 자와 역적, 남을 모함하고 간사한 짓을 하는 무리들을 혼자서 징치한다. 그러고 나서 그 서슬 푸른 칼날을 등불 아래 비춰보니 시원하고 상쾌한 기운이 가을 물과 같다. 묵은 체증이 쑥 내려간다.

두서

    두서를 능히 살피지 못하고서 남 말하는 대로 따라서 이러쿵저러쿵하는 사람은, 거칠고 엉성하지 않으면 어둡고 나약하다.

    不能領略頭緒, 隨人口吻, 喃喃呢呢者, 非齷粗, 則昏弱也.

    일에는 처음과 끝이 있다. 일을 처리하려면 두서가 있어야 한다. 제 소견은 없이 그저 여기서 이 말 들으면 이 말대로 하고, 저기서 저 말 들으면 저 말 따라 한다. 입이나 다물고 있으면 좋으련만 그럴수록 잠시도 가만있지 못하고 나서고 참견한다. 그들이 하는 일이란 대개 거칠고 성글다. 그러나 무슨 일이 생기면 그들은 당황하여 어쩔 줄 몰라하다가 슬그머니 뒤로 물러앉는다.

좋은 사람

　하루종일 고요히 앉아 바른말만 하는 것은 내가 경외하는 바이다. 혹 능히 고요히 앉아 바른말하지 못하는 자는 이미 2등으로 떨어지고 만다. 또 덩달아 웃는다면 이는 3등으로 떨어져버린다. 1등의 사람은 좋지 않은 사람일까? 3등의 사람은 좋은 사람일까?

　終日靜坐, 口出正言, 我所敬畏也. 或有不能靜坐正言者, 已是落下第二等. 又從而笑之, 是落下第三等. 第一等者, 不好人乎? 第三等者, 好人乎?

　고요히 앉아 말없이 있다가 입을 열어 바른말만 하는 사람은 남을 압도한다. 그렇지만 고요히 앉아 있다가도 가끔씩 허튼말로 제 본색을 그대로 드러내는 사람들이 있다. 차라리 말을 않았더라면 좋았을 것. 그보다, 영문도 모른 채 남이 웃으니 덩달아 웃고, 남이 하니까 얼결에 따라 하는 사람도 있다. 그런데 참 이상하다. 세상은 헤헤거리며 웃는 줏대 없는 인간들을 좋은 사람이라 하고, 바른말하는 사람은 잘난 체하는 거만한 사람이라고 비난하니 말이다. 나는 좋은 사람이 되고 싶다. 어떤 좋은 사람이 될까?

속임수

거짓으로 교묘한 속임수를 쓰거나 아첨과 아양으로 일생 동안 남을 속이는 사람들이 있다. 비록 겉꾸밈에 익숙하여 저 스스로는 편리하다고 말하지만, 남에게 숨기고 가리는 것이 몹시 엷고도 좁아터져서 가리려 들면 들수록 점점 더 드러나게 되니 지극히 수고롭기만 하다.

假有巧詐諂媚, 一生騙人, 雖慣於粉飾, 自謂便利. 然其障蔽於人者, 甚薄狹, 隨遮隨現, 極勞苦哉.

거짓이 거짓을 낳고, 아첨이 아첨을 낳는다. 그들은 그럴싸한 거짓말과 간지러운 아첨으로 자신이 당장에 바라는 것들을 손에 넣지만, 그 거짓이, 그 아첨이 들통나지 않으려면 그만큼 더 마음을 졸이지 않으면 안 된다. 거짓말을 덮기 위해 더 큰 거짓말을 하고, 그 거짓말을 감추려다보니 갖은 아첨과 아양을 떤다. 그러나 다른 사람에게 정작 그 속이 훤히 들여다보이는 줄은 꿈에도 모른다. 그러면서 오히려 은근히 저의 수단 좋음만을 뽐낸다.

선행

남의 선함을 드러내는 일은 한없이 좋은 일이다. 선한 일을 한 사람은 인멸되지 않아 더욱 힘쓰게 되고, 이를 들은 사람은 본받게 된다. 내가 이를 말하면 또 이를 본받는 것이 된다.

揚人之善, 是無限好事. 其爲之者, 不湮滅而獎勸, 聞之者, 效則焉. 我其言之, 則又是效則之也.

남의 선행을 드러내어 칭찬했더니 세 가지 이익이 있었다. 선행을 한 당사자는 더욱 선행에 힘쓰게 되었고, 그 이야기를 들은 사람은 나도 그렇게 해야겠다고 생각하게 되었으며, 그 일을 남에게 얘기한 나에게도 그것을 본받으려는 마음이 싹터났던 것이다.

편지

편지란 내가 말하고 싶은 바를 다른 사람으로 하여금 내가 하는 말을 듣는 것처럼 함이다. 그 말은 마땅히 분명하고 간결해야 하고, 글자는 마땅히 해서楷書로 또박또박 써야만 한다.

筆札者通吾所欲言, 使它人如聽余言也. 語當精簡, 而字當楷詳, 可也.

편지는 내가 하고 싶은 말을 적어 남에게 전하는 글이다. 때로 맞대면해 하기 어려운 말도 편지로는 어렵지 않게 할 수가 있다. 그러나 빙빙 돌려서 무슨 말인지도 모르게 쓴 편지는 오히려 쓰지 않느니만 못하다. 사소한 글 때문에 오해가 생기고, 사이가 벌어진다. 편지글은 또박또박 정성을 들여서 써야 하리라. 어디 편지만 그런가? 세상 살아가는 자세도 마땅히 편지를 쓰듯이 할 일이다. 가슴에 공명정대한 기상을 품어 누추함을 용납지 말아야 할 것이다.

목석 같은 삶

어찌 사슴이나 돼지와 더불어 무리가 될 수 있겠는가? 목석과 더불어 살 수 있겠는가? 저잣거리의 장사치들과 함께 노닐 수 있겠는가?

豈可與鹿豕爲群乎? 木石與居乎? 市沽同遊乎?

시정의 잡배들과 어울리느니 차라리 목석과 함께 지냄이 낫다. 사슴이나 멧돼지를 벗삼느니 차라리 혼자 지내는 것이 낫다. 한 사람의 마음 나눌 벗이 없고, 한 사람의 정을 나눌 사람이 없을진대 세상을 살아가는 그 맛이 너무도 씁쓸하다. 소태와 같다. 그것을 어찌 생활이라 할 수 있으랴. 멧돼지의 삶이요, 목석의 삶이요, 아귀다툼하는 시정잡배의 삶일 뿐이다.

너그러움

너그러운 사람은 드물다. 혹 이른바 너그럽다는 사람이 있기는 하지만, 모두 제멋대로 분간하지 못하는 데서 잃고 말아 능히 삼가지 못한다. 이것이 어찌 너그러운 것이랴!

寬人其罕乎. 或有所謂寬焉者, 皆失之漶散, 不能飭也, 是豈寬乎哉?

진정한 너그러움은 헤픈 것과 다르다. 실없이 넉넉하기만 한 것은 너그러움이 아니라 줏대 없는 것이다. 대개 세상에서 사람 좋다는 말을 듣는 사람은 스스로 삼가는 단속이 없다. 이것은 너그러움이 아니다. 너그러운 사람은 그 품이 마냥 넓지만 호락호락하거나 만만하지가 않다.

헛된 이름

책을 많이 읽었어도 생각이 적고, 말은 간결하나 취미가 없다면, 이는 헛된 이름을 '다多' 자와 '간簡' 자 위에 부친 것이다.

多讀書而少思量, 簡言語而沒趣味, 是虛名寄乎多字簡字上.

많은 독서가 생각을 깊게 하지 못한다면 그것은 죽은 독서일 뿐이다. 간결히 할말만 하는 것이 좋기야 하지만 말수 적은 중에도 인간적인 체취마저 없다면 그는 몰취미한 인간일 뿐이다. 그런데도 그가 늘 책을 읽고 말수가 적다 하여 실제보다 높게 보아 우러르는 수가 종종 있다. 세상에는 겉보기만으로는 판단하기 어려운 일이 많다.

평상심

마음가짐을 너그럽고 안정되이 지니면, 때로 추위와 더위조차도 침입하지 못한다. 옛사람이 불속에 들어가도 타지 않고, 물속에 들어가도 젖지 않는다 함은 바로 이것을 가리킨 것이다.

持心要寬平安靜, 寒暑有時乎不入. 古之人, 入火不焦, 入水不濡
云者, 指此也.

마음이 평탄하여 걸림이 없고 고요하여 일렁임이 없다면, 바깥 세상의 그 어떤 변화에도 흔들리지 않을 수 있다. 물속에 들어가거나 불속에 들어가도 젖는 줄도 뜨거운 줄도 알지 못한다. 마음이 안정되지 않은 사람은 작은 일에도 흔들리고 동요한다. 아무것도 아닌 일에도 금세 큰일이라도 날 듯이 난리를 친다.

근거 없는 비방

천하에 가장 상서롭지 못한 것은 근거 없는 비방을 멋대로 남에게 해대는 것이다. 그러나 그 비방한 바는 언젠가는 탄로나게 마련이다. 비방하는 말을 들은 사람이 이리저리 변명을 늘어놓을 것 같으면 또한 번잡스러운 데로 얽혀들게 된다. 더욱이 가볍고 무거운 차이가 있을 때는 더욱 살펴 삼가야 한다.

天下之最不祥, 以無根之謗, 橫加於人也. 然其所謗, 畢竟卽綻. 聞謗者若紛紛辨白, 亦系燥擾也. 且有輕重, 尤審愼.

근거 없이 풍문만 듣고 떠드는 비방은 곧바로 제게로 날아와 박히는 화살이 된다. 제 입만 더러워진다. 더욱이 그 사람이 시비를 따지고 들면 일은 더 걷잡을 수 없게 된다. 왜 공연히 사서 일을 만드는가? 또 반대로, 비방을 입거든 입을 꽉 다물고 더욱 살피고 삼갈 일이다. 구차스레 여기저기로 변명하고 다닌다면 오히려 그 비방을 인정하는 꼴이 되고 만다. 비방이 무서워서가 아니라, 내 마음가짐과 몸가짐에 나도 모르는 빈틈이 있었음이 부끄럽다.

관용과 절제

자신을 규율함은 모름지기 분명해야만 하나, 남을 대접함은 감싸 안아야 한다.

律己須明白, 待人要包容.

맺고 끊음이 분명하지 않아서는 안 된다. 그것이 자신의 일일 때는 더욱 그렇다. 자신에 대해서는 엄격히 규율을 세워 느슨함을 용납해서는 안 된다. 다만 남에게도 그러한 엄격함을 요구한다면 세상엔 싸움만이 있게 될 것이다. 모름지기 두루 감싸안는 포용의 마음을 지녀야 한다. 사람들은 거꾸로 한다. 자기 자신에겐 한없는 관용을, 남에게는 냉정한 절제를 요구한다. 내가 하면 '그럴 수도 있지' 하다가도, 남이 하면 '그럴 수가 있나?'라고 말한다. 그래서 허물이 늘어만 간다.

충후함

사람이 많이 모인 가운데서 남이 꺼리는 바를 지적하여 펴는 것은 충후忠厚함을 크게 해치는 일이니, 내가 바로잡고자 하는 것이다. 벗을 오래 사귀려거든 우선 별것 아닌 물건이나 잔단 일에 대해 의심하고 미워하는 마음을 없애야 한다.

於稠人中, 摘發人之所忌諱, 大傷忠厚, 吾之欲懲焉者也. 欲朋友之久, 要先除其疑阻之心於薄物細故也.

충후함이란 두텁고 도타운 마음이다. 꼭 여럿이 있는 자리에서 남의 결점을 지적하여 상대를 난처하게 하는 사람이 있다. 난처해하는 모습을 보며 즐거워하는 사람이 있다. 무슨 짓인가? 오랜 우정을 나누고 싶다면 아무것도 아닌 일로 상대를 의심하지 말 일이다. 사소한 틈이 결국은 증오를 낳고 우정의 파탄을 부른다.

몸가짐

매운 추위와 무더위 속에서도 하루종일 똑바로 앉아 어깨와 등을 곧추세우고 있는 사람을 보면 설사 그 배움이 우주를 포괄하는 경지에는 이르지 못하였다고 해도, 타락하여 번잡하게 나대는 자보다는 백배나 낫다. 그런 까닭에 일찍이 기뻐하며 이를 배우려 하지 않은 적이 없었다.

我見祈寒盛暑, 終日危坐, 肩背竦直者, 假使其學不至包括宇宙, 已百倍於頹墮踸踔者. 故未嘗不欣然欲學之矣.

매서운 추위 속이거나 삼복더위 가운데서 손발이 얼고 등에 땀이 줄줄 흐르는데도 자세를 흐트러뜨리지 않고 곧추앉아 있는 사람을 나는 경외한다. 설사 그가 학문이 깊지 않은 초학의 인사라 하더라도 나는 그것을 괘념치 않겠다. 제아무리 많은 책을 읽었다 해도 몸가짐이 경망스러운 자는 아무짝에도 쓸데가 없다. 정신이 중요하다. 몸가짐은 바로 마음가짐의 표현인 까닭이다. 나도 그렇게 되고 싶다.

대충주의

미친 듯이 소리지르고 있는 대로 고함쳐서는 남을 복종하게 할 수가 없다. 대충대충 읽고 되는 대로 외워서는 자기에게 이익되게 할 수가 없다.

狂叫盛喝, 不足使人慴服. 龘讀雜誦, 不足使己利益.

남을 마음으로 복종케 하려면 흥분해서는 안 된다. 낯빛을 부드럽게 하고 목소리를 가라앉혀야 한다. 미친 듯이 소리치고 고함으로 남을 억누르려는 사람은 당장에는 그 기세로 남을 압도한 듯 해도 상대방은 결코 승복하지 않는다. 돌아서서 침을 뱉는다. 책을 읽으려거든 마음을 담아 읽어야 한다. 소리내 외우려거든 입만으로 해서는 안 된다. 그저 책장이나 넘기는 것은 독서가 아니다. 그저 입으로만 중얼거리는 것은 내게 아무런 보탬이 되지 않는다.

세월

정신은 쉬 소모되고 세월은 빨리도 지나가버린다. 하늘과 땅 사이에 가장 애석한 일은 오직 이 두 가지뿐이다.

精神易耗, 歲月易邁. 天地間最可惜, 惟此二者而已.

닦아놓은 유리알 같던 정신은 쉬 소모되어 흐리멍덩해지고, 그사이에도 세월은 쏜살같이 흘러가버린다. 그 빛나던 청춘의 섬광은 어디에 있는가? 흘러간 시간은 어디에 퇴적되어 있는가?

베푸는 마음

대장부가 비록 궁한 집에 살면서 하잘것없는 음식조차 대지 못하더라도 제 마음속에는 불쌍히 여겨 베풀기를 좋아하고 궁핍한 이를 구해주려는 생각을 지녀야 한다.

大丈夫雖處窮閻, 菽水不繼, 然長使吾腹中, 惻然有好施與救窮乏之意思.

가난은 부끄럽지 않다. 정작 부끄러운 것은 그 가난에 찌들어 인간의 바른길을 잊고 사는 것이다. 나 비록 가난하여 다 쓰러져가는 집에 살며 끼니를 제때 잇지 못하는 빈궁 속에 살아가더라도, 나만 못한 이에게 베풀려는 마음가짐을 지니고 살았으면 한다. 내 가난이 부끄럽지 않도록.

명실상부

남이 나를 하인이나 시정배 꾸짖듯이 한다면 성을 내고, 맑은 사람이나 현명한 선비로 대접해주면 기뻐한다. 이는 인정이 본디 그래서다. 그러나 그 스스로 처신하는 바를 살펴보면 노예처럼 굴기도 하고 시정배처럼 굴기도 한다. 이런 까닭에 군자는 스스로 돌아봄을 귀히 여기고, 이름과 실제가 서로 부합되지 않음을 미워한다.

人若責之以奴隸市井則怒, 待之以淑人哲士則喜, 人情固也. 然顧其所自處, 則奴隸吾也, 市井吾也. 是故君子貴自返, 而惡名實之不相副也.

남이 나를 어찌 대접하는가에 따라 내 마음속에서 희비가 엇갈린다. 그러나 남이 나를 좋게 대접해주기는 기대하면서 제 몸가짐은 천한 아랫것들이나 시정잡배들처럼 지니니 슬픈 일이다. 자기 대접은 자기가 받는다. 내가 하는 처신은 곧 내가 받는 대접의 무게와 같다.

자녀 교육

　나이 어린 자제가 누워 자기나 좋아하고, 어른이 가르쳐 경계하는 말을 듣기 싫어하며, 그저 절제 없이 놀려고만 하여 그 바탕을 느슨하게 만들어 용렬하고 비루하게 되는 데 그친다면 남에게 해될 바야 없겠지만, 만약 그 경박한 재능이 말재주가 빼어나 교묘히 꾸며 덮어 가리기에만 힘쓴다면 장차 하지 못할 짓이 무엇이겠는가? 때문에 어린이의 교육을 귀히 여기는 것이다.

　子弟年少而好臥睡, 厭避長老之規警, 只欲優遊無節, 使其質緩, 則歸於庸鄙而止. 無所害於人, 若其輕俊長於口辯, 巧餙掩遮爲務, 將何所不至乎? 是故貴蒙養.

　틈만 있으면 누워 자기만을 좋아하고, 어른들의 가르침을 듣기 싫어한다면 마침내 고칠 수 없는 기질이 되기에 이른다. 그리하여 그는 남의 비웃음을 당하고 작은 성취조차 이루지 못하는 범용한 인간이 되는 데 그친다. 이뿐이라면 세상에 나온 보람이 너무 무색하지 않은가? 이것은 그래도 괜찮다. 다른 사람을 해치지는 않으니 말이다. 교언영색巧言令色의 말솜씨와 그럴듯한 겉꾸밈으로 무리를 현혹하고 속이다가 가증스런 본바탕이 탄로나서 마침내 제 몸을 망치고 제 집안을 망치는 자가 있다. 이는 모두 어릴 적 가정교육에서 비롯되는 것이니, 자녀 교육을 어이 소홀히 할 수 있으랴.

포장술

    경학을 싫어하는 선비는 그 전체의 큰 바탕을 덮어 가리려고 작은 잘못이나 사소한 허물을 보태어 부연해 마지않는다. 점쟁이에게 현혹된 사람은 그 세상을 속이고 백성을 속이는 것을 덮어 가리기 위하여 겨우 조금 아는 것을 포장해 마지않는다. 이러한 습관은 더욱 살펴 반성해야 할 점이다.

    惡經學之士, 則欲埋沒其全體大本, 而薄訾細過, 增衍不已也. 惑卜術之人, 則欲掩遮其欺世誣民, 而一如半解, 鋪張不已也. 此習尤所省察處也.

    사람들은 흔히 떳떳한 본바탕을 일구는 공부를 허투루 우습게 안다. 현실적으로 쓸모없다고만 여겨 돌아보지 않는다. 그러고는 부족한 제 공부를 간파당하지 않으려고 남의 조그만 허물과 실수를 날카롭게 따져 추궁하고 힐난한다. 그것으로 기선을 제압하려 든다. 점쟁이에게 현혹되면 세상 온갖 일을 그에게만 의존하여 판단하려 든다. 아무것도 아닌데 엄청난 일이기라도 한 듯이 과장한다. 마침내는 실상은 없어지고 껍데기만 남게 된다.

답답한 문장

문장에다 성명性命을 내맡겨 고금을 뒤져 펼쳐놓아 비록 드넓고 커서 가를 헤아릴 수 없을 듯하더라도, 만약 이밖에 한 종류의 진실로 좋은 일이 있음을 알지 못한다면 그 국량局量의 작음과 도량의 좁음을 이루 말할 수가 없게 될 것이다.

委性命於文章, 搜羅古今, 雖似博大不可涯也, 若不知此外有一種眞實好事, 則其局小量窄, 不可勝言.

목숨을 걸고서 문장에 몰두하여 비록 측량할 길 없는 높은 경지에 도달했다 하더라도, 그 밖에 일에 그가 몰취미하다면 나는 그의 문장을 취하지 않겠다. 그의 안목은 편협하고 그의 도량은 좁아, 그 가슴속에 담긴 것이 시원스럽지 못할 터이기에 하는 말이다. 오로지 문장에만 몰두하여 그가 이룩한 것이 있다면 그것은 한낱 말단의 기예, 표피의 수사에 지나지 않는다.

안과 밖

내 몸은 지극히 작지만 숨쉬고 눈을 깜빡이며, 몸을 굽혔다 펴고 가만히 있거나 움직이는 것은 내가 향하는 바에 따르니 함께하기가 몹시 쉽다. 내 사지 외에 허다한 만물들은 많고 적고 굳세고 약함을 대적하지 못함이 있어, 비록 모두 나의 명을 듣게 하고자 하여도 그렇게 할 수가 없다. 그럴진대 돌이켜 내 몸에서 구하여, 처치하고 안배함에 각기 그 마땅함을 지극히 하여 뒷날의 폐해가 없느니만 같지 못하다.

吾身至小也. 呼吸瞬息屈伸動靜, 吾隨其所向, 甚易與耳. 吾四體以外, 職職萬物, 有多寡強弱之不敵, 雖欲其盡聽吾命, 不可得也. 不如反求吾身, 處置安排, 各極其宜, 而無後害也.

숨을 들이쉬고 내쉬거나 눈을 깜빡이는 것, 무릎을 굽히고 팔을 움직이는 것은 하고 싶은 대로 해도 거리낄 것이 없다. 모두 내 몸의 일인 까닭이다. 허나 내 것 아닌 다른 어떤 것도 나는 내 뜻대로 할 수가 없다. 그러니 그것들을 내 마음대로 하겠다는 생각을 버려야 한다. 자연의 이치를 거스르지 않는 것이야말로 재앙을 멀리하는 가장 훌륭한 처신이다.

말하는 비결

말이 번다하고 경솔한 것은 마음이 가라앉지 않았기 때문이다. '신중함'과 '간결함', 이 두 가지가 바로 말하는 일의 중요한 비결이다.

言語煩率, 心無底定也. 愼簡二字, 爲口業要訣.

가볍게 떠드는 말, 경솔한 언행은 심신을 지치게 한다. 잠시도 침묵에 스스로를 맡겨두지 못하는 것은 그 마음이 들떠 있기 때문이다. 들뜬 기운은 자꾸 위로 올라와 입을 움직이게 만든다. 말은 신중하게, 또 간결하게 할 일이다. 말을 아낄수록 그 말에는 장중한 무게가 실린다. 떠들지 마라. 침묵을 사랑하라.

스승과 벗

　스승과 벗은 현재의 경서이고, 경서는 과거의 스승이요 벗이다. 오직 나의 마음으로 더불어 살고 함께 살면서 이 두 가지의 것에 의지한다면 그 처음 지녔던 마음을 회복할 수 있으리라. 그러나 이 두 가지와 가까이하지 않는 자는 다만 나태하고 편안함만을 구하게 되어, 금수와 같이 되지 않음이 드물다. 생각이 여기에 이르게 되면 나도 모르게 송연해진다.

　師友見在之經書, 經書過去之師友. 惟吾心地, 與生俱生, 倚仗此二者, 可復其初. 然不親近此二者, 惟怠逸之是求, 不爲禽獸, 定稀矣. 意想到此, 不覺悚然.

　아마득한 옛 성현의 말씀만이 내가 스승 삼고 벗삼을 바가 아니다. 또 눈앞의 스승과 벗만이 마음을 나눌 수 있는 스승과 벗이 되는 것은 아니다. 경서를 스승과 벗으로 삼고, 스승과 벗을 또한 본받아야 할 경서로 여겨, 내 삶을 이 두 가지와 함께 가져갈 수 있다면 본래 지녔던 순연한 본성을 회복할 수 있으리라. 안일과 나태는 단지 우리를 금수로 만들 뿐이다.

진실한 말

무릇 말을 할 때는 마땅히 진심을 다해 폐부로부터 우러나와야
한다. 목구멍과 입술 사이의 상투적인 말이 되지 않아야 비로소 음
흉한 사람이 되지 않을 뿐이다.

凡出言, 當惻怛從心肺中出來. 不爲從喉吻間圈套語, 始不爲譎
險物耳.

입에서 나온다고 다 말이 아니다. 진정이 담기지 않은 말, 마음이
실리지 않은 말은 소음일 뿐이다. 입에 발린 말, 그냥 해보는 말, 상
대방을 떠보는 말, 이리저리 재고 따져서 하는 말, 이런저런 말들의
공해 속에서 인간의 말은 점점 빛이 바래간다. 짐승들이 생리적 본
능에 따라 우짖는 소리가 더 진실하게 들릴 때가 있다. 쉽게 말하지
말아라. 되는 대로 말하지 말라. 겉꾸며 말하지 말라.

힘써야 할 일

낮고 더러운 사람과 친하게 지내면 무릇 내가 하는 말과 행동에 거리낌이 없게 된다. 그런 까닭에 비록 때때로 그 천하고 비루한 줄을 뻔히 알면서도 오래되면 점차 그 테두리 안으로 들어가게 된다. 그가 따르고 순종하기 때문에 내가 조금도 경계함이 없게 되기 때문이다. 정직하고 단정한 사람을 가까이할 줄 모르는 것은 아니지만, 스스로 능히 뜻을 제멋대로 하고 허물을 마음대로 할 수가 없고, 또한 내 잘못에 대한 좋은 가르침이 있더라도 단지 귀에 거슬리는 빌미가 되기 족한 까닭에 자연히 성글어져 멀어지게 된다. 그리고 그 교훈이 될 만한 가르침이란 것도 만약 혹 빈번해지면 처음엔 듣기 싫어하다가 견딜 수 없게 되면 창을 잡고 도리어 공격하게 된다. 이것은 보통 이하의 사람들이라면 마땅히 힘써야 할 일이다.

親近汚下之人, 則凡吾出言行事, 無所忌憚. 故雖有時明知其賤陋, 而荏苒漸入套中也. 以其承順, 吾無半箇規警也. 非不知正直端莊者之爲可近, 而自不能肆意放過, 亦有對症之良訓, 只足爲逆耳之資. 故自然疎退. 而其箴訓者, 若或頻數, 則始厭惡, 不可耐, 操戈反攻. 此平人以下, 所宜勉焉者也.

당장에 먹기 좋다고 덜컥 삼켜서는 안 된다. 우정의 만남이란 서로의 정신을 보다 높고 먼 곳으로 향상시켜주고 마음을 따뜻하게 해주는 것이어야 한다. 당장에 먹고 놀기에 편하고 즐겁다 해서 자기만 못한 비루한 사람과 함께 지내면 자신도 모르게 그의 비루함이 내 영혼을 갉아먹는다. 낮고 비루한 정신은 상대방을 자기와 같게 만들려고 자꾸 잡아당긴다. 높고 단정한 마음은 마치 봄비가 속옷을 적시듯 상대방으로 하여금 자신도 모르게 마음이 그리로 향하게 만든다. 그러나 바른 행실과 단정한 몸가짐에는 마땅히 치러야 할 인내와 희생이 있다. 사람들은 이것을 참지 못하므로 기꺼이 자신의 영혼을 낮고 더러운 가운데로 몰아넣는다.

마음의 밭

문 닫고 고요히 앉아 경사를 궁구하다가 마음이 번다해지면 그만 둔다. 때때로 산에 오르고 물가에 임하여 소요하다가 돌아오니 또한 마음밭을 편안히 기르는 것이다.

閉門靜坐, 窮究經史, 心煩乃止. 有時乎登山臨水, 逍遙而歸, 亦 安養田地也.

'폐문정좌閉門靜坐', 이 얼마나 들어본 지 오래된 말이냐. 우리는 자신의 내면을 돌본 지가 너무 오래되었다. 문을 가만히 닫아걸고 서 말없이 앉아 있다. 책상 위에는 옛 성현의 말씀과 지나온 역사를 담은 책들이 가지런히 놓여 있다. 마음이 이끌리는 대로 펼쳐 읽다가 생각을 얹어 궁구하기도 하고 비분강개의 심정을 품어보기도 한다. 한참을 그렇게 있다가 답답한 생각이 나면 나는 책을 덮고 산책길에 오른다. 뒷산을 오르거나 시냇가를 이리저리 배회하며 사물 위에 깃든 사물의 이치를 살펴본다. 발이 지치면 또 그렇게 집으로 돌아온다. 시들었던 마음에 윤기가 돈다. 팔다리는 적당한 운동으로 나른한 상태가 된다. 아! 행복하다.

책을 읽을 뿐

선비가 한가로이 지내며 일이 없을 때 책을 읽지 않는다면 다시 무엇을 하겠는가? 그렇지 않게 되면 작게는 쿨쿨 잠자거나 바둑장 기를 두게 되고, 크게는 남을 비방하거나 재물과 여색에 힘쏟게 된 다. 아아! 나는 무엇을 할까? 책을 읽을 뿐이다.

士君子閑居無事, 不讀書復何爲? 不然, 小則昏睡博奕, 大則訕 誘人物經營財色. 嗚呼! 吾何爲哉. 讀書而已.

한가로이 지내는 데도 법도가 있다. 자기 규제 없는 단순한 한가 로움은 나태와 방종을 가져올 뿐이다. 책을 읽으면 나태해지기 쉬 운 마음을 다잡을 수가 있다. 책을 읽으면 방종에 빠지지 않을 수 있 다. 잠이나 쿨쿨 자고 바둑, 장기나 노름으로 시간을 보내는 것은 자 신을 망치는 일이다. 그렇지만 이것은 남을 음해하거나 돈 벌 궁리, 여자 생각으로 정신을 피폐케 하는 것보다는 낫다. 책 속에 길이 있 다. 책 속에는 옛사람들의 육성이 있다. 잠들기 쉬운 내 정신을 일깨 우는 목소리가 있다.

힘과 꾀

만약 할 수 있는 길이 있는데도 살 도리를 궁구하지 않는 자는 버린 백성이다. 그러나 힘과 꾀가 서로 맞지 않으면 진실로 어찌하지 못한다. 그 능히 할 수 없는 바를 억지로 힘쓴다면 법을 범하지 않을 사람이 적다. 이는 공교롭게 되려 하다가 도리어 졸렬해지는 것이니, 천명을 듣고 운수에 편안해함만 같지 못하다.

若有可爲之路, 而不資生者, 棄民也. 然力與謀不相入, 顧無如何矣. 勉强其所不能爲, 則其不犯辟者小. 是欲巧而拙也. 不如聽天安命而已.

길이 있는데도 그 길을 외면한다면 이것은 못하는 것이 아니라 안 하는 것이다. 그렇지만 세상일은 하겠다는 의욕만으로는 되기 어려운 일이 많다. 힘만으로도 안 되고 꾀만으로도 안 된다. 힘과 꾀가 적절한 조화를 얻을 때만이 일에 순서가 정해지고 갈 길이 훤히 보인다. 할 수 없는데도 의욕만 가지고 달려들면 일을 이룰 수 없을 뿐만 아니라 더 큰 잘못을 범하게 되기 쉽다.

군자의 식견

　남이 하지 않는 바를 내가 능히 하고, 남이 능히 하는 바를 내가 하지 않음은 지나치게 과격해서가 아니라 선함을 가리려는 것일 뿐이다. 남이 하지 않는 바를 내가 또한 하지 않고, 남이 능히 하는 바를 내가 또한 능히 하는 것은 줏대 없이 따라 함이 아니라 옳음을 따르려는 것일 따름이다. 이런 까닭에 군자는 식견을 중히 여긴다.

　人之所不爲, 我則能爲之, 人之所能爲, 我則不爲之. 非矯激也, 擇善而已. 人之所不爲, 我亦不爲之, 人之所能爲, 我亦能爲之. 非詭隨也, 就是而已. 是故君子貴識.

　남 하는 대로 따라 하고, 남 가는 대로 따라가다가는 자칫 나를 잃게 되기 쉽다. 내가 나의 주인이 되지 못하고 나의 종이 되는 삶은 구차하다. 그렇다고 해서 남이 하는 반대로만 하는 것도 군자가 취할 태도가 아니다. 남들이 이리 가면 나는 저리로 가고, 남들이 저렇게 하면 나는 이렇게 해야만 직성이 풀리는 것은 군자의 길이 아니다. 고작해야 괴팍하고 잘난 체하는 사람일 뿐이다. 거기에는 오만과 독선만 있지 주인되는 삶이 없다. 따라 하지 말아야 할 것은 따라 하고, 따라 해야 할 것은 따라 하지 않는 데서 모든 문제가 시작된다. 그것을 판단하는 기준은 어디에 있는가? 그것을 우리는 식견이라 부른다.

내 얕은 생각

　　나는 촌사람인지라 어리석어 아는 것이 없다. 게다가 조급하고 수선스러워 가만히 있지 못한다. 그러나 내 얕은 생각으로 하고자 하는 바의 것은 근거 없는 비방이나 살피지 않은 의론으로 함부로 다른 사람을 평가하지 않는 것이다. 어찌해야만 그렇게 될 것인가?

　　余鄕人也. 愚蒙無知, 且躁擾不定. 然其淺見所欲爲者, 不以無根之謗, 不察之論, 橫加平人也. 何以則庶幾焉.

　　근거 없는 소문이나 생각 없이 내뱉는 말이 당사자에게는 비수가 된다. 나는 별생각 없이 들은 것을 옮겼을 뿐인데 그것은 옮겨질 때마다 눈덩이처럼 불어난다. 나는 어리석고 부족한 사람이지만 이런 일에는 끼어들고 싶지가 않다. 그런데 그것이 쉽지 않다.

옛사람의 일 처리

예로부터 진정한 영웅호걸이나 재능 있는 사람들은 일찍이 가라앉혀 고요한 가운데서 일을 처리하지 않음이 없었다. 무릇 민첩하면서도 정밀한 사람은 비록 가벼이 움직이는 듯 보여도 가라앉혀 고요함이 진실로 말하지 않는 가운데 있다. 만약 둔하고 막혀서 고요한 것이라면 어찌 귀하다 하겠는가? 단지 하는 일마다 남만 따라 하다 이루지 못하게 될 뿐이다.

終古眞正英雄傑巨才學, 未嘗不從沈靜中辦出來. 凡敏妙精捷者, 雖似浮動, 而其沈靜, 固在不言中矣. 若遲滯爲靜者, 安足貴哉. 只做事仍循, 不成耳.

큰일을 하는 사람은 결코 큰소리를 내지 않는다. 그들의 일 처리는 과감하면서도 민첩해서 다른 사람들은 미처 손쓸 겨를이 없다. 그 결과를 두고 경탄할 줄은 알아도, 그들 또한 묵묵히 고요한 가운데서 따져보고 분별하는 시간이 있었음은 알지 못한다. 고요함과 침착함은 사람이 지녀야 할 미덕이기는 해도, 만약 그 고요함이 무능에서 비롯된 것이라면 그것은 배울 것이 못 된다. 그들은 언제나

뒷전에서 주뼛거리며 결단하지 못한다. 결국 그들이 이룰 수 있는 일이란 아무것도 없다.

참된 시비

기리는 것은 실제보다 지나침에 가깝고, 헐뜯는 것은 무정함에 가깝다. 실제보다 지나친 것은 정말 옳은 것이 아니요, 무정한 것은 참으로 그르기 때문이 아니다. 그런 까닭에 군자의 가슴속에는 진실로 마땅히 참된 시비가 있어야 한다.

譽者近於過實, 毀者近於無情. 過實者非眞是也, 無情者非眞非也. 故士君子胸中, 固當有眞是非也.

옳고 그른 분별, 넘치고 모자란 자각은 누구보다 자기가 더 잘 안다. 나의 행동을 두고 실제 이상으로 과장하여 헐뜯고 기리는 것은 세상 사람들의 평가이다. 과장된 기림에 도취되어 자신의 잘못을 망각해서도 안 될 일이지만, 과도한 헐뜯음에 상심하여 올바로 가던 길을 돌이켜서도 안 될 것이다. 중요한 것은 내 가슴이 먼저 아는 시비일 뿐 이러쿵저러쿵하는 세간의 기림과 헐뜯음은 상관할 것이 못 된다. 그런데도 사람들은 세간의 헐뜯고 기림에 일희일비하며 참된 시비의 소재를 망각하곤 한다.

소문과 이름

　나쁜 소문은 배로 더해지고, 좋은 이름은 반으로 줄어든다. 이는 양은 기수奇數이고 음은 우수偶數이기 때문이다. 군자는 반대로 하기에 힘써야 한다.

　惡聞加倍, 善名減半. 是由陽奇而陰偶. 君子勗以反.

　사람들은 남 안 되는 꼴을 보기 좋아하고, 남 좋은 일에 배 아파한다. 발 없는 말이 천리를 간다고 했다. 좋지 않은 소문은 눈덩이처럼 불어나 나중에는 어느 것이 진실인지 판단조차 할 수 없는 지경에 이르고 만다. 좋은 소문은 "그럴 리가 있나? 사실이 아니겠지?" 하며 깎아내리기 바쁘다. 나쁜 소문은 입에 담지 아니하고, 좋은 소문에는 자기 일처럼 기뻐하는 사람은 어디 있을까?

간사한 생각

남에게 돈을 꿀 때의 마음은 남에게 돈을 갚을 때의 마음과 사뭇 다르다. 복스러운 사람은 이렇지가 않다.

貸人錢時心, 與償人錢時心異. 吉祥之人, 不如是.

정말로 아쉬워 쩔쩔매다가 돈을 빌리면 그 고마움을 이루 말로 다할 수가 없다. 그러다 내 형편이 좋아져서 그 돈을 갚아야 할 때가 되면 전날의 고마움은 간데없고 괜히 내 돈을 남에게 주는 것처럼 아까운 생각이 일어난다. 어느새 내 마음속에 소인배의 간사한 마음이 들어앉은 것이다. 그렇지만 하는 일마다 순조롭게 잘 풀려나가는 사람을 보면 결코 마음가짐이 그렇지가 않다. 돈을 빌릴 때의 고마움을 갚을 때에도 그대로 지녀 잊지 않는다. 한결같지 않은 마음이 내게 올 복을 깎아버린다.

공변된 마음

내가 이미 남을 해치지 않으니, 남들 또한 나를 해칠 수가 없는 것이다.

我既不可以傷人, 人亦不可以傷我.

나는 공변된 마음을 지녀, 자신의 안위를 위해 남을 해칠 궁리를 갖지 않는다. 그런 나를 보고 남들도 감히 나를 어찌해볼 마음을 먹지 않는다. 마음은 서로 오고가는 것이다. 가는 마음이 고와야 오는 정이 살뜰하다. 나만 잘되자고 남을 해코지하려는 마음을 먹는다면 그 마음이 도리어 내 발등을 찍는 도끼날이 된다.

책을 읽지 않으면

　만약 덥지도 않고 춥지도 않고 배고프지도 않고 배부르지도 않아 마음이 편안하여 기쁘고 몸이 건강하여 편안한데, 붉은 등불이 창을 환히 밝히고 있고 책들은 잘 정리되어 있으며 책상과 자리가 깨끗함을 더한다면 책 읽기에 더할 나위가 없을 것이다. 하물며 뜻이 높고 재주가 뛰어나며 나이가 젊고 기운이 건장함을 겸한 사람이라면 책을 읽지 않고 다시 무엇을 하겠는가? 무릇 나의 동지들은 힘쓸진저, 힘쓸진저.

　如其不暖不寒, 不飢不飽, 心地和悅, 體幹康安, 加之以燈紅窓
　白, 書帙精覈, 几席明潔, 則可不勝其讀矣. 況兼之以志高才達,
　年少氣健之子, 不讀復何爲哉? 凡吾同志勉之勉之.

　뜻을 세우려면 책을 읽을 일이다. 펄펄 뛰는 기운을 눌러 고요히 내면을 성찰하려면 책을 읽을 일이다. 책 속에 펼쳐지는 광대무변의 자유경을 느껴볼 일이다. 모든 것이 알맞게 갖추어진 독서야 더할 나위 없이 행복하겠지만, 군자는 역경과 시련 속에서 더욱 책을 가까이하는 법이다. 위나라의 상림常林은 밭을 갈면서도 책을 읽었다. 수나라의 이밀李密은 쇠뿔에 『한서』를 걸어놓고, 꼴을 먹이면서도 잠시도 책에서 눈을 떼지 않았다. 남의 양을 치다가 책에 몰두하느라 그만 양을 모두 잃고 만 것은 왕육王育이다. 후한의 고봉高鳳은 아내가 밭일 나간 사이 마당에 널어놓은 겉보리가 소낙비에 다 떠내려가는 줄도 모르고 책만 읽었다. 그의 아내가 돌아와 발을 동동 굴렀음은 물론이다. 소진蘇秦은 아예 상투를 대들보에 묶어놓고 책을 읽었다. 그의 독서는 자못 비장한 데가 있다. 갸륵한 독서광들의 이야기이다.

공복

　　날마다 아이들에게 글을 가르치는데 일찍 일어나 음식을 먹고서 읽으면 입이 둔해져서 잘 읽히지 않는다. 먹지 않고 하면 배나 유창하고 빨랐다. 여러 번 시험해보았으나 번번이 그러하였다. 음식 기운이 청명한 기운을 막아 그런 것인가 싶다.

　　日授童子書, 早起飮啖而讀, 則口鈍不成讀. 不以則倍利快. 屢試屢然. 意食氣壅滯淸明之氣而然也.

　　배가 부르면 책이 읽히지 않는다. 입이 어근버근하고 아랫배에 힘이 들어가지 않아, 읽는 소리는 계속 헛돌고 자꾸만 생각이 딴 데로 달아난다. 빈속에 책을 읽으면 소리가 맑게 뜨고, 정신이 한곳으로 집중된다. 우암 송시열 선생은 "창명인정窓明人靜, 인기간서忍饑看書" 즉 "창 밝고 사람은 고요한데 배고픔을 참고서 책을 읽는다"고 자기의 자화상에 써놓았다. 그 뜻을 이제야 알겠다. 청명한 기운은 공복 속에 맑게 트이는 것을.

비방에 대처하는 법

하루는 서여오徐汝五와 더불어 비방에 대처하는 방법에 대해 이야기하였다. 여오가 말하였다.

"근거 없는 비방은 손상하는 바가 없다. 진흙 인형과 나무 인형이 어찌 앎이 있겠는가? 말 많은 자들은 반드시 그 얼굴을 가리키며, '눈은 어떻고 입은 어떻다'고 하며 어지러이 떠들어대겠지만, 나무 인형과 진흙 인형에게는 아무 상관이 없다."

一日與徐汝五, 言處謗之道. 汝五曰: "無根之謗, 無所傷也. 土塑木偶, 有何知識? 然饒舌者, 必指摘其面曰: '目如許, 口如許.' 紛紛談說, 而木偶土塑無傷.

근거 없는 비방은 남에게 상처를 입힌다. "여보게! 서여오. 어찌하면 근거 없는 비방으로부터 자유로울 수 있을까?" "간단하네. 치지도외置之度外하면 될 것일세. 말 만들기 좋아하는 자들은 진흙 인형과 나무 인형을 보고도 눈은 어떻고 입은 어떻고 하면서 떠들지만 그런 말이 도대체 인형에게 무슨 상관이란 말인가? 저들이 나를 두고 떠들어대는 말도 이와 똑같다고 생각하란 말일세."

독서와 호색

　호색하는 사람은 골수가 마르고 살이 빠져, 죽는 날 저녁에 이르러 욕망의 불이 위로 솟구쳐도 마침내 뉘우치는 마음이 없다고 하니, 이룬 것은 단지 여색 가운데 한낱 굶주린 귀신일 뿐이다. 내가 일찍이 이를 비웃고 불쌍히 여기고 두려워하고 경계하여, 돌아보아 나 스스로 불행히 이를 가까이함이 없도록 하였다. 내가 책을 좋아하는 것은 호색과 크게 비슷하다. 근자에 유행하는 풍열로 오른쪽 눈이 또한 가려우니, 사람들은 자못 책 때문이라고 염려하고 나도 얼마간 그렇게 여긴다. 그러나 책은 단 하루도 차마 떠나지 못하겠기에 매번 실눈을 뜨고서 글자와 먹 사이의 정화에 집중시켜 맥망脉望이라는 벌레가 책 속에 신선 '선仙' 자만 갉아먹는 방법을 쓰니, 저 여색에 빠져 죽는 자가 응당 나를 야유할 것이다. 9월 그믐 오우아거사㕮友我居士는 실없이 쓴다.

　好色者髓枯膚削, 至于死之夕, 而慾火上升, 終無悔心. 成就只一色中餓鬼. 余嘗笑之憐之懼之戒之, 勿顧自家有不幸而近之者. 余之好書, 太類好色. 近以天行風熱, 右眼亦癢, 人頗恐動以書祟. 余稍然之. 然書不忍一日離. 每開眼一線許, 湊集字墨間精華, 用脈望食仙字法, 彼殉於色者, 應揶揄我. 九月晦, 吾友我居士戲寫.

골수가 마르고 살이 빠져 죽을 지경에 이르러도 조금의 뉘우침이 없다. 눈병이 나서 눈을 뜰 수 없는 지경에서도 틈만 나면 실눈을 뜨고서 뚫어져라 책을 본다. 아름다운 여인을 보고 마음이 절로 그리 쏠리듯 나는 책만 보면 도무지 꼼짝할 수가 없다. 책을 읽다 이대로 장님이 되더라도 책이 없는 하루는 생각할 수가 없다. 그러니 나는 여색에 빠져 자기 일생을 망치는 사람을 욕할 자격이 없다고 본다. 맥망이란 이름의 책벌레는 책 속에서 신선 '선'자만 갉아먹으며 산다고 한다. 책과 함께라면 나는 죽어도 좋은 것이다. '오우아거사'라, 책하고만 사랑을 나누다보니 친구 하나가 없어 내가 나를 벗삼는 사내라 이름 지었구나.

재물

사람이 재물의 이익에 급급해하는 것은 그 목숨을 보존하려 하는
데 지나지 않는다. 용렬한 사람은 도리어 목숨을 가볍게 여기니 또
한 어리석지 않은가? 내가 삼포에 살 때 어떤 사람이 허리에 돈 10민
緡을 두르고 막 녹으려는 얼음을 건너다가 반도 못 가서 마침내 빠
져 상반신이 걸려 있었다. 강가에 있던 사람이 급히 외쳐 말하였다.
"당신 허리 아래 찬 돈을 벗어버리면 살 수 있으리다." 그러나 그 사
람은 고개를 저으며 듣지 않고서 다만 두 손으로 돈을 움켜쥐고서
잃을까만 염려하더니 이윽고 빠져버렸다.

人之汲汲於財利者, 不過欲保全其性命也. 庸下之人, 反以性命
爲輕, 不亦愚哉. 余家三浦時, 有人腰纏錢十緡, 渡將解之氷, 未
至其半, 遂陷, 掛胃半身. 江畔人急呼曰: "脫爾腰下錢, 則可活
矣." 掉頭不聽, 但兩手拊錢, 惟恐失之, 仍溺焉.

잘먹고 잘살기 위해 필요한 재물 때문에 종내 제 목숨을 내놓고
말았다. 아! 어리석다.

비둘기

마땅히 아끼지 말아야 할 바를 아끼어 그 바름을 얻지 못하는 것
은 어리석음에 얽매여 있기 때문이다. 우리집 행랑채에 사는 소년 하
나가 비둘기 길들이는 것을 몹시 좋아하여 잠시 이야기할 때도 비둘
기에 관한 것이 아님이 없어, 거의 의복과 음식이 제게 절박한 줄도
알지 못할 지경이었다. 개가 그 비둘기 한 마리를 물고 가자 소년은
쫓아가서 이를 빼앗고는 어루만져 눈물을 흘리며 몹시 슬퍼하더니
잠시 후엔 털을 벗겨서 구워먹는데 먹으면서도 오히려 슬퍼하였지
만 맛만은 매우 달았다. 이것은 어짊인가 욕심인가. 어리석음일 뿐
이다.

愛所不當愛, 而不得其正者, 是係駁也. 余外廊所寓一少年, 性癖
愛馴鴿. 造次言談無非鴿也, 殆不知衣服飮食之切己. 有犬囓其
一鴿, 少年逐奪之, 捬而流淚甚悲, 仍剝毛, 炙而啖之, 猶惻愴.
然味甚旨也. 此仁歟慾歟. 駁而已矣.

비둘기를 아껴 그리 좋아하다가 그 털을 뽑아, 울면서도 그 고기
를 맛있다고 먹으니 우는 그 마음과 먹는 그 마음이 한마음 속에 들

어 있다. 어짊의 마음으로 미물을 길러 제 입의 욕심으로 달다고 하니, 아! 그 미혹됨이여.

재앙의 씨앗

남에게 근거 없는 비방을 한 사람에게는 반드시 까닭 없는 재앙이
있다.

加人不根之謗者, 必有無故之災.

공연히 없는 말을 만들어 다른 사람을 헐뜯고 다니는 사람들이
있다. 그런데 정작 그에게 돌아오는 것은 까닭 모를 재앙이다. 내가
뿌린 씨앗은 내가 거둔다. 좋은 마음만 먹고 살기에도 짧은 인생인
데 왜 재앙의 씨앗을 마음속에 심고 사는가?

예와 병법

예를 아는 사람은 병법을 아는 것일까? 헤아려 판단하고 부족함을 채우는 것이 다를 바 없다.

知禮者, 其知兵乎. 裁制補輯一也.

병법을 운용하는 데는 무엇보다 변화하는 상황에 적절하게 대응하는 임기응변의 능력이 필요하다. 결코 병서에 적혀 있는 대로 해서 이길 수 있는 전투란 없다. 예禮도 이것과 다를 것이 없다. 그때그때의 상황을 미루어 헤아리고, 그전에 없던 경우에 비추어 적용할 수 있는 안목이 있어야 한다. 어디 예만 그러하겠는가? 글 쓰는 일도, 살아가는 일도 다를 것이 없다.

술 취한 뒤

좋은 사람이 취하면 착한 마음이 생기지만, 어리석은 사람은 취하면 사나운 기운을 부린다.

吉人醉善心生, 愚人醉悍氣布.

술에 취하면 숨어 있던 그 사람의 본심이 다 드러난다. 술만 취하면 사납게 변하는 사람이 있다. 있는 말 없는 말 다 하고, 했던 말을 몇 번이나 되풀이하고, 심지어 남을 붙들고 엉엉 우는 사람도 있다. 술에 취하면 오히려 말이 적어지고, 입가에 웃음이 떠나지 않는 사람도 있다. 술 취한 뒤 보여주는 모습이 그 사람의 본모습이다.

격식

이러이러한 일이 있게 되면 이러이러한 격식을 갖추어야 한다.

有斯事, 則具斯格.

어떤 일에는 그 일에 맞는 격식이 있다. 격식은 틀에 박힌 형식이 아니다. 격식은 의례적인 절차가 아니다. 격식이란 일을 처리함에 있어 가장 합당한 순서요 질서일 뿐이다. 그러나 때로는 격식이 오히려 거추장스런 질곡이 될 때가 많다. 격식이 고착화된 형식이 되면 그렇게 된다.

허심과 만용

거친 사람도 마음을 비워 남을 받아들이면 정밀해진다. 고집 부려 자신하면 어그러지고 만다.

麤人虛而受人, 則斯精矣. 固而自信, 則斯悖矣.

겸허히 남을 포용할 줄 알면 거친 성격을 가라앉혀 차분한 사람이 될 수 있다. 자기만 옳다 하고 스스로에 대한 확신이 지나치면 다른 사람의 말에 귀를 기울이지 않게 된다. 지나친 자기 확신은 만용을 낳고, 만용의 끝에는 파멸이 기다리고 있을 뿐이다.

몸과 마음

몸은 부릴 수가 있지만 마음은 부릴 수가 없다.

身可役, 心不可役.

　내 마음인데도 내가 내 마음의 주인되기가 결코 쉽지가 않다. 내 마음을 내가 부리지 못하는데 하물며 다른 사람의 마음이겠는가? 아랫사람이라고 해서 함부로 대한다면 당장에 그의 몸은 부릴 수 있겠지만 그의 마음은 내게서 점점 멀어질 것이다. 몸은 마음에 달린 것이니, 마음을 부리면 몸은 저절로 따라 논다. 그러나 몸만 부리려 들면 마음은 점점 더 멀어진다. 말을 물가에 끌고 갈 수는 있어도 물을 먹일 수는 없다고 했다. 덕이 필요하다. 인내심이 필요하다.

용서

한 번 전하고, 두 번 전해지면 그 와전됨이 더욱 심해지기 마련이다. 이를 옳게 여겨 남을 의심하면 어둡게 되고 마니 어쩌하랴? 그런 까닭에 용서를 귀히 여기는 것이다.

一傳二傳, 其訛滋甚. 仍是以疑人, 其於暗何? 故貴恕也.

말이란 한 사람 건너가는 사이에 눈덩이처럼 불어난다. 없던 말이 보태지고 과장이 더해져서 걷잡을 수 없게 된다. 남이 하는 말만을 믿고 그것으로 남을 평가하고 의심한다면 돌이킬 수 없는 잘못을 범하게 되기 쉽다. 이 사람 이야기를 들으면 이 사람 이야기가 옳고, 저 사람 이야기를 들으면 저 사람 이야기가 옳게 들리는 법이다. 말이란 원래 그렇다. 설사 상대방에게 잘못이 있다 하더라도 너그러이 품을 줄 아는 용서의 정신이 필요하다.

굳센 기상

사람이 굳세지 않으면 이룩하는 것이 없고, 글이 굳세지 않으면 비루해지며, 글씨가 굳세지 않으면 못 쓰게 된다.

人不勁無樹立, 文不勁陋矣, 書不勁廢矣.

모름지기 사람은 남들이 쉽게 범접할 수 없는 기상이 있어야 한다. 모름지기 사람은 줏대가 있어야 한다. 중심의 굳셈이 없이는 아무것도 이룰 수가 없다. 문여기인文如其人이라고 했다. 글을 보면 곧 그 사람을 알 수가 있다. 글에 힘이 없으면 차마 읽을 수 없는 흐트러진 글이 되고 만다. 글씨에 굳센 필력이 드러나지 않으면 좋은 글씨라 할 수가 없다. 무슨 일이든지 굳센 기상을 품지 않고는 큰 성취를 이룰 수가 없다.

노여움

군자에게는 큰 노여움이 있다. 대저 잗단 노여움이 없다.

君子有大怒, 夫小怒蔑如也.

　노여움에도 큰 노여움이 있고 작은 분노가 있다. 군자에게도 노여움은 있다. 그러나 그 노여움은 결코 잗달지 않다. 큰 정의가 지켜지지 않을 때, 악인이 간특한 마음으로 착한 이를 괴롭힐 때, 불의가 오히려 정의인 양 행세할 때 그들의 분노는 일어난다. 그들의 분노는 걷잡을 수 없는 불길이 되어 불의를 쓸어버린다. 그래서 우리는 그들의 분노를 의노義怒라고 한다. 소인의 노여움은 이것과는 다르다. 그들의 분노는 자신의 이익과 관련된 것에서만 기준도 없이 수시로 일어난다. 이익만 충족되면 언제 그랬느냐는 듯이 스러지고 말 분노이다.

책 읽는 이유

독서는 정신을 기쁘게 함이 으뜸이 되고, 그다음은 받아들여 활용하는 것이고, 그다음은 식견을 넓히는 것이다.

讀書者怡神爲上, 其次受用, 其次淹博.

책을 읽으면서 써먹을 궁리만 하는 사람들이 있다. 식견을 남에게 뽐내려고 밑줄 그어 메모하는 사람들도 있다. 그러나 독서의 가장 큰 보람은 마음의 기쁨을 발견하는 데 있다. 약간은 이완된 상태에서 옛사람의 육성과 만날 때, 그 목소리가 내 마음에 강한 울림을 남길 때, 그 울림이 내 삶을 물끄러미 돌아보게 만들 때, 그때가 독서를 통해 만날 수 있는 가장 최상의 순간이다. 사람들은 실용의 목적으로만 책을 읽기 때문에 독서의 순수한 기쁨을 잃은 지가 오래되었다.

천성과 가식

어린아이가 울고 웃는 것은 천성이니 어찌 인위적으로 하는 것이겠는가? 어른은 기쁨과 성냄을 거짓으로 꾸미니 이는 어린아이에게 부끄러운 점이다.

小兒啼笑天也, 豈人乎哉? 長者假喜怒, 斯愧小兒矣.

좋아서 웃고, 화나면 우는 것이 어린아이들의 웃음과 울음이다. 누가 시켜서 우는 것도 아니요, 억지로 웃음을 짓는 법도 없다. 마음에 그려지는 무늬에 따라 웃고 울고 할 뿐이다. 어른들은 그렇지가 않다. 웃고 싶은데 우는 얼굴을 하고, 울고 싶으면서도 거짓 웃음을 짓는다. 바라는 목적을 성취하기 위해 자신의 감정을 가장하고 속인다. 동심의 천진함을 찾아볼 수가 없다.

죄인

할 수 있으면서도 남을 구제하지 않는 사람은 비록 다른 큰 범죄를 짓지 않았더라도 육민僇民, 즉 백성을 죽이는 사람이라고 하겠다.

有爲而不濟人, 雖無它大犯, 號曰僇民.

손을 뻗어 남을 도와줄 수 있는데도 이를 외면한다면 비록 내 손으로 죄를 짓지 않았더라도 그는 죄인됨을 면하지 못한다. 모르는 사이에 범한 죄가 얼마나 무거울 것인가를 생각해보면 나도 모르게 송연해질 때가 있다. 내 일이 아니니까, 나와는 상관없으니까 하는 사이에 나의 허물은 점점 쌓여만 갈 것이 아닌가?

요순시절

반나절만 욕심을 줄인다 해도 만고 중의 요순시절이라 하겠다.

得半日寡欲, 猶萬古中堯舜時節.

요순시절은 희미한 기억 속에서만 존재하는 것이 아니다. 요순시절은 결코 이룰 수 없는 실낙원의 꿈이 아니다. 조금만 욕심을 줄일 수 있다면, 조금만 집착을 놓을 수 있다면, 그리하여 그 욕심과 집착에서 조금만 자유로울 수 있다면 요순시절은 바로 내 마음속에 있게 된다. 사람들은 이것을 잘 모른다. 쓸데없는 탐욕으로 인생은 삭막한 사막이 되고 만다.

나의 스승

구름을 보곤 깨끗하면서도 막힘이 없는 까닭을 생각하고, 물고기를 보면 헤엄치면서 물속에 잠겨 있는 까닭을 안다.

見雲思所以潔而無滯, 見魚知所以泳而有潛.

저 푸른 하늘을 떠가는 구름은 깨끗하면서도 아무런 걸림이 없이 자재롭다. 나는 저 구름을 보면서 내 삶도 저와 같이 결백하고 저와 같이 얽매임 없기를 희망한다. 헤엄치는 물고기를 보면 마음대로 이리저리 헤엄쳐다니다가 때로 물속 깊이 잠겨 몸을 숨긴다. 그 모습을 보다가 나는 또 내 뜻에 맞는 삶을 누리되 때로 가만히 나를 낮추고 자신을 돌아보아야겠다는 생각을 한다. 흰 구름과 물고기는 나의 스승이로구나.

탐욕

의롭지 않은 사람은 분수를 알지 못한다. 비록 의롭지 않은 중에
도 분수를 아는 자가 있지만 제 집 창 아래서 죽는 사람은 만에 하나
뿐이다. 한 장사꾼이 있었다. 저울대를 비워 그 속에 납구슬을 넣었
는데 매끄럽고 잘 굴러 소리가 나지 않았다. 자기 물건을 팔 때는 몰
래 구슬을 저울의 머리 쪽으로 굴려 무겁게 만들었고, 남의 물건을
살 때는 이와 반대로 하여 헐한 값을 주었다. 죽을 때까지 배불리 지
냈으나 남들은 알지 못하였다. 병으로 장차 죽으려 하자 그 아들을
불러 경계하기를, "내가 재물을 모았던 것은 납구슬이 든 저울로 숙
이고 올렸기 때문이다. 그러나 일찍이 크게 취하지는 않았고 적당하
게 멈출 수 있었으므로 이익이 헤아림이 없고 술수가 어긋나지 않았
던 것이다. 네가 나를 잇되 삼가서 어긋나지 않도록 해라" 하였다.
뒤에 아들은 남의 물건을 배로 취했다가 장물죄에 걸려 죽었다.

不義者非知分也. 雖然不義之中, 有知分者, 而老死牖下萬一也.
有業商者, 鑿秤空其中, 納鉛丸, 可滑轉無聲. 賣自己物, 則暗轉
丸于秤頭, 使之重, 買人之物, 則反是焉, 與輕價. 至老饜肉, 人
不知也. 病將死, 召其子戒曰: "吾所致貲者, 丸秤而低昂之也. 雖

然未嘗大取, 而適可以止, 利無算而術不敗也. 汝其紹我, 愼勿墜也." 後子倍取人物, 坐贓死.

석주 권필이 지은 「창맹설倉氓說」에도 이와 비슷한 이야기가 있다. 나라 창고 뒤편에 살던 사람이 창고 밑에 난 조그만 구멍으로 쌀을 꺼내 그것으로 부족지 않게 평생을 살았는데, 그 비밀을 아들에게 일러주고 죽었다. 아들은 그만 욕심이 나서 구멍을 자꾸만 더 크게 뚫다가 발각되어 죽임을 당했다. 인간의 욕심이 끝이 없다. 나쁜 도적질도 만족을 알면 위험하지 않으니, 하물며 사람 사는 일상의 일이겠는가.

수신과 섭생

『주역』에서 말하였다.

"성냄을 거두고 욕심을 막아라."

또 말하였다.

"말을 삼가고 음식을 절제하라."

대저 이 네 가지는 인생의 큰 방비요, 마음공부의 큰 사업이다. 수신修身과 섭생이 어찌 두 가지 이치이겠는가? 마음의 불은 쉬 타오르니 그것을 끄려 하는 사람은 분노를 억눌러야 한다. 신수腎水는 쉬 새기 마련이니 그것을 올라가게 하려는 사람은 욕심을 막아야 한다. 비장은 기운을 길러주지만 기운이 흩어지지 않고 위로 오르게 하는 것은 언어를 삼가는 것에서 비롯된다. 기운이 막히지 않고 새나가지 않는 것은 음식을 절제하는 것에서 시작된다.

易曰: "懲忿窒慾." 又曰: "愼言語節飮食." 夫四者人生之大防也, 心學之大業也. 修身與攝生, 豈二致哉. 心火易熾, 欲其降者, 懲忿也. 腎水易洩, 欲其升者, 窒慾也. 脾土養氣者也, 氣不散而上越者, 自愼言語始也. 氣不滯而下洩者, 自節飮食始也.

성냄과 욕심, 삼감과 절제, 이 두 가지의 갈림길에서 인생의 희비가 엇갈린다. 마음에 활활 타오르는 분노의 불을 끄고 속이 훤히 들여다보이는 욕심이 밖으로 새 나오지 않도록 가라앉혀야 한다. 기운이 흩어져 산란해지지 않도록 삼가고, 반대로 꽉 막혀 정체됨이 없게끔 먹는 것을 절제한다. 내 인생의 든든한 축대와 마음자리를 닦는 큰 공부가 여기에 있다.

굳셈과 겸손

　행실은 차츰차츰 상층을 밟아 올라갈 것을 생각하고, 지내는 것은 늘 하층에 처할 것을 생각하라. 만약 이왕에 평범한 사람이 되었다면 나아가 착한 사람이 되기를 생각하고, 착한 사람에서 더 나아가 군자와 대현大賢이 되어 성인에 이르기를 생각해야 하니, 이는 굳셈에 달려 있다. 만약 넓은 집에 살면서 고량진미를 먹고 산다면 마땅히 "나로 하여금 초가집에 살면서 나물밥을 먹게 하더라도 원망하지 않으리라" 하고 생각해야 하고, 초가집에 지내며 나물밥을 먹는다 해도 마땅히 "나로 하여금 흙집에 살며 굶주리게 하더라도 원망하지 않으리라" 하고 생각해야 한다. 이것은 겸손과 관계된다. 대저 이와 같이 한다면 어디를 간다 해도 편안하고 태연하지 않겠는가?

　行實思連連躡上層, 居養思連連處下層. 如旣爲平人, 則思突過爲善人, 自善人思突過爲君子大賢以至于聖人, 此係健也. 如處廣廈而喫梁肉, 當思曰:"使吾處草屋而噉菜飯, 其不怨矣."處草屋而噉菜飯, 當思曰:"使吾處土室而飢餓, 其不怨矣."此係謙也. 夫如是, 安往而不安泰哉.

뜻은 높을수록 좋고 몸은 낮출수록 좋다. 높은 뜻이 교만에 이르지 않으려면 겸손해야 한다. 몸을 낮추는 겸손이 비굴이 되지 않으려면 뜻이 굳세야 한다. 굳셈과 겸손은 이렇게 상호 보완한다. 뜻만 높고 실질은 없을 때 교만이 생겨나고 아집이 싹튼다. 겸손을 가장한 무능 안에서 비굴과 타협과 아첨이 생겨난다. 둘 사이의 길항관계를 잘 조절할 수 있을 때 안락의 큰길이 내 앞에 열린다.

관대함

내게는 조급한 성격이 있어서 늘 관대하고 넉넉하려고 애쓴다. 그
러나 옳지 못한 것을 보게 되면 나도 모르는 사이에 날카로움이 드
러나곤 하는데 돌아서면 또 성급하게 촉발한 것을 후회하곤 한다.
일의 실마리가 싹틀 때 맹렬히 '관후寬厚'와 '포용' 등의 글자를 가지
고 곰곰이 마음을 진정시키면 얼마 안 가서 모두 아무 일 없게 되고,
수용함이 매우 넓어진다. 미리 막는 것은 가장 어려운 일이기에 나
는 밤낮없이 맹렬히 반성하는 것이다.

余有辨急之性, 每務寬裕. 然見不是處, 不覺峭露, 旋又悔愧急
觸. 事端萌兆時, 猛以寬厚含包等字, 念念鎭心, 頃刻則都無事,
受用甚廣. 然預防極難, 余晝夜猛省者也.

한때의 분노를 참지 못해 잠깐의 통쾌함으로 걷잡을 수 없는 근
심과 맞바꾼다. 그때는 이긴 줄 알았는데 결국은 내가 졌다. 넉넉한
마음, 포용력 있는 태도로만 궁극의 문제는 해결된다. 그보다 애초
에 일의 싹이 터나오지 않도록 내 몸가짐을 가졌어야 했다. 그러기
에 나는 늘 반성하고 또 반성한다.

꿈자리

하루종일 한 바를 고요한 밤에 생각해보면 후회가 반드시 생기게 마련이다. 밤새 꾼 꿈을 이른 아침에 생각해보면 두려움이 또한 깊지 않을 수 없다. 밤꿈이 번잡스러운 것은 낮일이 가지런하지 못하고 엄숙하지 못한 데서 말미암는 것이다. 사람이 만약 미리 고요한 밤에 후회하는 마음을 가슴속에 품고서 아침과 대낮에 일할 바를 경계하여 삼간다면 밤꿈 또한 마땅히 이로부터 편안해질 것이다.

竟日之所爲, 靜夜思之, 悔必生焉. 終宵之所夢, 平朝念之, 懼亦深焉. 夜夢之煩亂, 由於晝事之不齊莊. 人若預將靜夜之悔心, 念着胸中, 而戒愼於朝晝之所事, 則夜夢亦應從此帖妥.

하는 일, 품은 생각이 잡되고 보니 꿈자리가 늘 뒤숭숭한 것이다. 꿈자리가 사납거든 자신을 돌아보고 삼가고 경계할 일이다. 꿈은 무의식의 거울이다. 내가 미처 의식하지 못하는 자기 모습이다. 거기에 비친 내 모습에 스스로 놀라는 일이 없도록 마음가짐과 몸가짐을 가다듬고 또 가다듬어야겠다.

고루함의 병통

책을 읽음에 많음만을 탐한다면 어찌 지혜로운 것이겠는가? 섭렵함을 말하는 것이 아니다. 막히어 고루함이 병통이라는 것이다.

讀書貪多, 豈智也? 非涉獵之謂也. 病夫窒而固焉.

이 책 저 책 많이 뒤적거린다고 해서 지혜의 눈이 열리는 것은 아니다. 물론 많은 책을 섭렵해야 하겠지만, 그저 많이 읽으려는 욕심만으로 책을 읽는다면 그의 생각은 꽉 막혀 도리어 고루해지게 될 것이다. 항상 문제가 되는 것은 탐욕이다. 남보다 더 많이 읽었음을 뽐내고 싶은 탐욕, 이런 욕심 때문에 환하게 통하려고 읽은 책이 오히려 나를 꽉 막혀 고루하게 만든다.

교만

남에게 교만한 사람은 더 성장하지 못한다.

驕人者見不長.

교만한 마음속에서 자기 발전을 기대할 수는 없다. 내 마음 가운
데서 교만이란 두 글자를 지워버려라. 교만은 나 자신의 부족함을
남에게 자랑하는 것일 뿐이다. 교만을 버리지 않고는 결코 발전할
수 없다.

잡담

부질없는 이야기로 둘러앉아 떠들면 참된 총명은 점차 사라져버린다.

假談圍繞. 眞聰消泐.

여럿이 모여 앉아 떠드는 쓸데없는 이야기는 단지 정신을 소모시킬 뿐이다. 하루 중에 얼마나 많은 시간을 우리는 이런 잡담으로 낭비하는가? 침묵 속에 떠오르는 소리를 들어라. 들을 줄 아는 귀, 볼 줄 아는 눈은 그 가운데 있다.

요점

언어는 요점이 있어야 할 따름이다.

言語要而已.

말에는 핵심이 있어야 한다. 중심이 없이 겉도는 말은 소음일 뿐이다. 알맹이가 없기에 그것을 감추려고 교언영색의 꾸밈이 있게 된다. 본바탕이 아름답지 않은데 그저 덕지덕지 분칠만 한다고 해서 미인이 되는 법이 없다. 담긴 내용 없이 장광설만 늘어놓는다면 한갓 읽는 이의 정신을 피곤하게 할 뿐이다. 글에는 요점이 있어야 한다. 글의 요점이란 렌즈의 초점과 같다. 초점 없이는 아무리 많은 빛이 쏟아져들어와도 결코 불을 붙일 수 없다. 요점이 없는 글은 아무리 읽어도 무슨 말인지 알 수가 없다.

뜻밖의 만남

귀하게 여길 만한 것은 유아儒雅한 기운이다. 장수나 부인, 농민이나 상인에게 만약 이러한 기운이 있다면 아낄 만하다. 만물이 모두 그렇다.

可貴者儒雅氣. 將帥婦人農商, 若有是氣, 可愛也. 萬物皆然.

장수에게 용력만 있고, 부인에게 교태만 있다면 귀하다 할 것이 없다. 힘이 좋은 농사꾼과 수완이 뛰어난 장사꾼은 얼마든지 있다. 만일 장수의 늠름한 기상 한 켠에 다른 사람을 능히 품을 수 있는 따뜻함이 있다면, 부인네의 아름다움 저편에 함부로 범접할 수 없는 온유함이 있다면, 무언가 여느 사람과는 다른 그 무엇이 있을 것만 같은 농부와 상인이 있다면 나는 그를 존중하겠다. 그런 사람과 마음을 나누겠다. 이런 뜻밖의 만남 속에서 삶이 향기로울 수 있기 때문이다.

교활한 사람

교활한 사람을 대할 때에는 조심하지 않을 수 없다. 그가 두려워서가 아니라 나를 공경해서이다.

對狡人, 不可不小心. 非畏彼, 卽敬吾.

교활한 사람의 말 속에는 독이 들어 있다. 겉으로 달콤하기에 함부로 삼켜서는 안 된다. 교활한 사람의 언어는 마치 그물처럼 다른 사람을 얽어매 꼼짝도 할 수 없게 만든다. 사람들은 그 속임수를 뻔히 잘 알면서도 그 교활함에 번번이 속곤 한다. 이런 종류의 인간들은 남의 영혼에 상처를 줄 뿐 아니라 그 교활함으로 자신을 파멸시킨다. 이런 인간을 멀리함은 그에 대한 두려움 때문이 아니다. 내가 내 값을 지녀 인간에게 상처받고 상처 주는 일이 없도록 하려는 것이다. 내가 나를 사랑하기 때문이다.

잡기

도박이나 바둑, 장기 따위의 일에 마음을 두면 이 때문에 기운이
거칠어지고 잡스럽게 되어, 검속하여 다스림을 얻을 수가 없다.

有心於博奕, 緣它氣麤駁, 檢鍊不得.

내기로 다투거나 승부를 따지는 일은 사람의 마음을 그곳으로만
쏠리게 해서, 마침내 그 사람의 기운을 거칠고 잡되게 한다. 한번 바
탕 기운이 흔들리게 되면 다시 마음을 다잡아 다스리려 해도 뜻대
로 되지 않는다. 평상의 도리를 마음에 깃들여, 떳떳한 마음으로 하
늘을 이고 땅을 디딘 채 살아갈 일이다.

편협과 의심

군자의 배움은 먼저 편협함을 버려야 한다. 편협하면 남을 의심하게 된다.

君子之學, 先除狹. 狹則疑人.

이것은 좋고 저것은 싫다. 이것은 해도 저것은 하지 않는다. 사람의 기호란 한결같지 않기에 싫고 좋고의 선택에 무슨 일정한 기준이 있을 수 없겠으나, 학문에 있어서는 그래서는 안 된다. 편협한 생각을 버려야 한다. 편협함은 곧 의심을 낳는다. 편협한 사람은 자신이 일찍이 들어보지 못한 것은 무조건 의심하여 인정하려 들지 않는다. 그런 좁은 마음속에는 올바른 식견이 깃들지 않는다.

병통

막힘의 병통은 어두움이고, 재빠름의 병통은 소홀함이다.

滯之病暗, 快之病忽.

한 가지에 얽매여 다른 것을 보지 못하는 사람들이 있다. 그들은 앞뒤가 꽉 막혀 융통성이 없다. 그들이 이렇듯 융통성이 없는 것은 지혜의 눈이 열리지 않아 집착하기 때문이다. 또 무엇이든 손쉽게 생각하여 함부로 해치우는 사람들이 있다. 그들은 자신 앞에 닥친 일을 시원시원하게 해결해나가는 듯이 보인다. 그러나 그들의 일 처리는 대개 성글어 빠뜨리는 곳이 반드시 있다. 한 번에 끝나지 않고 꼭 두 번 손이 가게 만든다. 얽매임의 어리석음도 문제지만, 재빠름의 소략함은 더 큰 문제다.

일 처리와 책 읽기

일을 처리함은 통하게 함을 귀히 여기고, 책을 읽는 것은 살아 있음을 중히 여긴다.

處事貴通, 讀書貴活.

내게 주어진 일은 두 번 손이 가지 않게 처리한다. 난마와도 같이 얽혀 있던 일들이 말끔히 정돈되어 일목요연해지도록 만든다. 정작 일을 한다면서 오히려 없던 일을 만들고, 손을 대지 않느니만 못하게 일을 더 그르치는 사람도 있다. 독서에는 죽은 독서가 있고 산 독서가 있다. 죽은 독서는 문자에 이끌려다니는 독서이다. 읽고 나서 오히려 혼란스러워지고, 갈피를 잡을 수 없는 독서는 죽은 독서이다. 산 독서는 그렇지가 않다. 하나를 들으면 열을 알고, 열을 읽으면 백 가지를 알 수가 있다. 내 안에 들어온 지식들이 싱싱하게 물이 올라, 내 삶 속에 녹아든다. 지식을 과장하거나 무엇에 써먹으려고 하는 독서는 죽은 독서다. 내 삶을 변화시키지 못하는 독서는 죽은 독서다.

멋대로 하는 말

말을 멋대로 하는 것은 좋은 선비가 아니다.

放言非吉士.

멋대로 말하는 것이 한때의 통쾌함이야 있겠지만, 함부로 내키는 대로 내뱉는 말은 반드시 내게 그 몇 배의 대가를 치르게 한다. 말은 곧 그 사람의 얼굴이다. 말을 통해 그 사람의 됨됨이와 교양이 드러난다. 광망한 말을 하느니 차라리 침묵하라. 침묵은 다변보다 상대를 압도한다. 침묵 앞에서는 마구 떠들던 자들도 입을 다물게 되리라.

일의 순서

큰일이나 작은 일 할 것 없이 앞뒤를 살핀 후에 할 것인지 하지 않을 것인지를 결정하라.

事無大小, 審首尾, 決行不行.

일에는 순서가 있고 차례가 있다. 먼저 할 것을 먼저 하고 나중 할 것을 나중 하면 문제될 일이 없다. 그런데 먼저 할 것을 나중에 하고 나중 할 것은 먼저 하니 문제가 생긴다. 해야 할 일은 안 하면서 안 해야 할 일은 서둘러 한다. 처음엔 같아 보여도 뒤에 가서 일이 완전히 어그러져버리는 것은 이 때문이다. 앞뒤를 헤아리지 않고, 해야 할 일과 해서는 안 될 일을 살피지 않고, 덮어놓고 일을 벌이기만 해서는 마침내 수습할 수 없는 지경까지 이르고 만다. 그는 부지런히 일을 했는데 왜 이렇게 되었을까?

혼자 사는 까닭

아아! 안타깝구나. 친척 간의 틈은 때로 명예와 이익에 말미암은 수가 있다. 자취를 숨긴 옛사람이 무리와 떨어져 지냈던 까닭이 여기에 있다.

嗟夫嗟夫! 親戚之隙, 有時由乎名利. 古狂所以離群.

이웃이 친척보다 고마울 때가 있다. 피를 나눈 형제건만 재물의 이익 때문에 등을 져 원수처럼 지내기도 한다. 이렇게 되는 것은 서로 간에 예를 갖추지 않았기 때문이다. 함부로 대하고 어렵게 생각하지 않았기 때문이다. 부모 자식 사이에도 예의가 필요하고 형제 친척 간일수록 예의가 필요하다. 효자는 부모가 만든다. 우애는 공경에서 나온다. 이런저런 인간들의 관계가 빚어내는 난맥상은 삶을 피곤하게 한다. 사람과의 관계가 기쁨이 아니라 그물로 여겨질 때가 있다. 오히려 혼자인 것이 단출해서 좋을 때가 있다. 옛 은자들이 무리를 벗어나 깊은 산속에서 혼자 지냈던 것도 이를 잘 알았기 때문이다.

다툼을 경계함

근자에 김 진사 아무개가 삼전도를 건너다 시를 지었다.

바야흐로 백사장에 서 있을 적엔
배 위 사람에 뒤처질까 근심하더니
마침내 배 위에 오르고 나면
백사장 위 사람을 기다리지 않네.

조급하게 다투는 자를 경계하기에 족하다.

近有金進士某, 渡三田渡, 有詩曰: "方爲沙上人, 恐後船上人. 及
爲船上人, 不待沙上人." 足以戒燥競者.

나루에서 배를 기다릴 때는 사공이 저를 안 태우고 그냥 갈까봐
조바심을 낸다. 먼저 탄 사람이 저보다 앞서 갈까봐 안달이 난다. 그
러다 막상 배에 올라타고 나면 마음이 싹 바뀐다. 더 태우지 말고 빨
리 떠나자고 사공을 오히려 닦달한다. 제 뒤에 기다리던 사람은 눈
에 들어오지 않는다. 어찌 마음이 그리 다른가?

어미 원숭이

정조사正朝使가 북경에서 돌아올 때 장사꾼이 어미 원숭이를 사 가지고 왔는데 임신한 상태였다. 우리나라 땅에 들어오자 슬퍼하며 머뭇거리니 장사꾼이 너그러이 이를 위로하였다. 중간에 새끼를 낳자 사람이 소매 속에 넣고 가다가 이따금 꺼내서 젖을 먹이게 하였다. 하루는 원숭이가 급히 새끼를 내놓기를 청하더니, 인하여 머리에 이고 사람처럼 서서 가는데 솔개가 낚아채가버렸다. 원숭이가 슬픔을 능히 견디지 못하자 사람이 또 위로하기를, "네가 비록 슬퍼한들 어찌하겠느냐?" 하니 원숭이는 마치 마음을 푸는 것 같았다. 여관이 이르자 갑자기 닭을 잡아 털을 뽑고서 머리에 이더니 솔개가 낚아챈 곳을 맴돌았다. 솔개가 또 내려와 낚아채니 원숭이는 비로소 솔개를 잡아 이를 찢어 죽였다. 장사꾼이 낮잠 자기를 기다려 그 고삐를 풀어 목을 매고는 죽었다. 아! 이는 진실로 금수이면서 사람의 마음을 지녔다 할 만하다. 저 사람의 탈을 쓴 짐승 같은 자들이야 어찌 족히 귀하게 여기겠는가? 원숭이가 사람에게 묶임을 당한 데다 또 새끼까지 잃고 보니 죽지 않고서야 어찌하겠는가?

正朝使自北京歸時, 賈人沽母猿而來, 方娠也. 旣入我境, 悲而躑躅, 賈人寬慰之. 中途生子, 人納于袖中行, 時出使乳之. 一日猿亟請出子, 因戴首人立而行, 有鳶攫去, 猿悲不能耐. 人又慰曰: "爾雖悲, 其奈何?" 猿若寬心者焉. 至店舍, 忽捉鷄剝毛, 仍戴而周旋於鳶攫處, 鳶又下攫, 猿始執鳶磔之. 俟賈人晝睡, 解其鞦, 結項而死. 噫! 是固謂獸而人者, 彼人而獸者, 何足貴哉. 猿見繫於人, 又失子, 不死而奚爲?

사람이 사람답지 못하면 금수가 된다. 금수만도 못한 인간들이 하도 많다보니 그 인간들 들으라고 사람보다 나은 짐승 이야기를 꺼냈던 게다.

터럭 하나

천리마의 터럭 하나가 희다고 해서 그 말이 백마일 거라고 미리 단정해서는 안 된다. 온몸의 억천만 개의 터럭에 혹 누런 곳도 있고 검은 부분도 있을지 어찌 알겠는가? 어찌 한갓 사람의 한 면만을 보고 그 전체를 논단하겠는가?

不可一驥之一毛之白, 而預定其爲白馬也. 安知其渾身億千萬箇毛, 或有黃處黑處乎? 豈徒見人之一偏, 而論斷其大全哉.

내가 본 것이 전부가 아니다. 나쁘기만 한 사람은 없다. 단점이 때로 장점이 되고, 장점이 단점이 되기도 한다. 단점은 대개 장점 속에서 나오고, 장점도 마찬가지다. 내 입맛에다 모든 것을 맞추려 들지 말아라.

책이 있거든

운장雲章이 말했다.

"무릇 책이 있거든 비록 아끼는 것이라도 남에게 빌려주지 않으면 안 된다. 예전 동춘당 송준길 선생은 남에게 책을 빌려주었다가 그 사람이 책을 가져왔는데 종이에 보풀이 일지 않았으면 읽지 않은 것을 반드시 나무라며 다시 이를 주곤 했다. 어떤 사람이 책을 빌렸다가 읽지 않고는 그 나무람을 꺼려 책 위를 밟고 눕고 하여 낡고 더럽게 만든 뒤에 돌려드리니, 이는 더더욱 어른의 두터운 마음을 알지 못하는 것이다."

雲章曰: "凡有書籍, 雖愛惜者, 不可不借人. 昔同春先生, 借人書籍, 人或還之, 而紙不生毛, 則必責其不讀, 更與之. 有某人者, 借書不讀, 憚其呵責, 踏臥卷上, 使之壞汚, 迺還之. 此又不知長者厚誼也."

책 속의 지식은 천하에 공변된 것이다. 어느 누구의 독점적 소유일 수가 없다. 책을 쌓아두고서 저 혼자만 보려는 것은 탐욕이다. 좋은 책을 지녀두고 남에게 보여주지도 않으면서 자랑만 하는 인간들이 있다. 욕심 사납게 장서인을 꾹꾹 눌러두고 늘어가는 목록을 보며 흐뭇해하는 자들이 있다. 정작 그들이 모은 것은 낡은 종이뭉치일 뿐이다.

밀봉

도군석陶君奭이 말했다.

"인가에서 좋은 술을 빚으려면 모름지기 주둥이를 진흙으로 봉하여 터럭만큼도 공기가 새지 않도록 만들어 여러 해를 묵혀두면 그맛이 점점 좋게 된다. 조금이라도 새면 곧 마시기에 적당치 않게 된다고 한다."

이를 살피건대 재주 있는 자의 경계로 삼기에 마땅하다. 세상에는 재주가 있으면서도 감추어 쌓아두는 자는 대개 드물다. 글 짓는 말단의 재주를 가지고도 차마 능히 그저 있지 못하고 스스로 뽐내고 스스로 내세워 다만 남들이 알아주지 않을까 염려한다. 누가 헐뜯기라도 하면 크게 성을 내고, 칭찬하면 크게 기뻐하니 이것이 슬퍼할 만한 일일 뿐이다.

陶君奭曰: "人家釀得好酒, 須以泥封口, 莫令絲毫泄漏, 藏之數年, 則其味轉佳. 纔泄漏, 便不中用云." 按此宜有才者之戒也. 世間有才而藏蓄者蓋鮮, 以文墨末技, 忍不能住, 自衒自媒, 惟恐人之不知, 毀之則大怒, 譽之則大喜, 是可悲已.

공기가 새면 술은 상한다. 먹을 수가 없다. 함부로 입을 열지 말아라. 입을 열어 알량한 제 재주의 밑바닥을 다 보여주지 말아라. 수구여병守口如甁, 병마개로 밀봉하듯 말을 아껴라.

통찰력

말이 번드르르한 것이 어찌 중도라 하겠는가? 일 처리가 껄끄러운 것이 어찌 상도라 하겠는가?

言之淋漓, 豈中也哉? 事之澁滯, 豈常也哉?

말만 번드르르한 사람들이 있다. 말만 들으면 안 될 일이 없고 못할 일이 없을 것 같다. 그러나 정작 되는 일은 하나도 없다. 군자는 허튼말을 경계한다. 중도에 맞는 말은 결코 거창하지가 않다. 도리가 있는 말은 다변과는 거리가 멀다. 교언영색치고 어진 이가 없다고 했다. 이런 사람에게는 일만 맡기면 문제가 생긴다. 일이 없을 곳에서 일을 만들고, 없던 문제를 새로 만든다. 전체를 바라보는 통찰력이 없기 때문이다.

물여우

남과 마주하여 먼저 그 작은 허물을 살펴두었다가 그가 가기를
기다려 바로 이를 비웃는 자를 물여우의 무리라고 부른다.

對人言, 先點檢其小瑕, 待其去, 卽嘲之者, 號曰狐蜮之倫.

물여우는 물속에 사는 벌레다. 주둥이 끝에 긴 뿔이 뻗어 있는데,
독기가 있다. 그 침으로 사람의 그림자를 쏘면 종기가 생긴다는 옛
말이 있다. 보이지 않는 곳에서 남을 헐뜯고 비방하며 즐거움을 찾
는 이들이 있다. 그들의 눈은 다른 사람의 장점 위에는 머물지 않고
사소한 결점 위에만 가서 머문다. 그들은 말을 옮기기를 좋아하고,
그 사람이 없는 데서 그의 나쁜 점을 말하기 좋아한다. 같이 들을 때
는 웃고 듣지만 밖에 나가서는 제 욕을 하는 줄도 알지 못한다.

알아줌

원망과 비방이 늘어남은 나를 알아줌을 만나지 못한 데서 드러난다. 나를 알아주는 것이 진실로 즐겁기는 해도, 나를 알아주지 않은들 또한 무슨 해될 것이 있으랴?

怨誹之漸, 現於不遇知我. 然知我固樂矣, 不知我, 亦何害?

남을 향한 원망과 비방은 모두 남이 나를 알아주지 않는 데서 생겨난다. 내가 가진 것은 열인데, 남들은 하나나 둘로만 보아주니 섭섭하고 화가 난다. 나는 똑똑한데 바보 취급을 하니 기분이 나쁘다. 남이 나를 알아주니 참 기쁜 일이지만 설사 알아주지 않은들 대수겠는가? 누가 알아주고 알아주지 않고는 내 본질과는 아무런 관계가 없다. 나는 묵묵히 내 길을 갈 뿐 남의 시선을 염두에 둘 것이 없다. 그런데 우리는 자꾸 옆으로 눈길을 준다. 남들의 눈치를 살핀다. 조금 알아주면 우쭐해서 교만해지고, 알아주지 않으면 섭섭해서 토라져버린다.

남의 문장

남의 문장에 대해 망령되이 논해서는 안 된다. 이것은 지극히 미세한 일이지만 큰 재앙이 이 가운데서 일어나지 않음이 없다.

不可妄論人文章. 此至微細事也, 大禍未嘗不此中起.

글은 그 사람의 얼굴이다. 제가 마음을 쏟아 쓴 글을 두고 남이 이러쿵저러쿵 말해 기분 좋을 사람이 없다. 그것이 진정 어린 충고일 때는 기쁘게 받을 수 있겠지만, 그저 되는 대로 떠드는 것이라면 상대에게 깊은 원망을 안기게 된다. 원망은 원망에서 그치지 않고 뒷날 큰 재앙으로 돌아온다. 내가 내 글을 아낄진대 남의 글에 대해 함부로 말하지 말라.

다툼

사물과 내가 서로를 잊는다면 어찌 다툼이 있으랴?

物我相忘, 安有爭鬪?

다툼은 분별하는 마음에서 생겨난다. 이것과 저것을 구별하고 내 것과 네 것을 가르는 판단에서 생겨난다. 내 것을 남이 가져가니 불쾌하고, 이것을 저것이라 우기니 화가 난다. 사물과 나의 사이에, 너와 나의 사이에 가르고 나누고 분별하는 마음을 거두어 솔솔 바람이 통하게 했으면 좋겠구나.

고요한 마음

마음은 편안하고 고요하게 지녀야 한다. 함부로 멋대로 하지 말라
는 말이다. 남을 의심하거나 시기하지 말라. 남이 시기하고 의심한
다고 따지지도 말라.

心要寧謐, 匪放肆之謂. 勿猜疑人, 勿辨人猜疑.

고요한 마음에 평화가 깃든다. 마음을 제멋대로 다니게 해서는
안 된다. 고요함 속에는 남을 의심하고 시기하는 마음이 깃들지 않
는다. 시기하고 의심하면 내 마음의 평화만 깨질 뿐이다. 반대로 남
이 나를 시기하고 의심한다고 해도 마음에 둘 일이 아니다. 그것은
본래부터 나와는 무관한 일일 뿐이다.

방심

좋은 일은 9분까지 이르러 항상 마지막 1분에서 어그러지고 만다.

好事到九分, 常虧一分地.

호사에 다마라고 했다. 다 잘되었다 싶다가도 뜻하지 않은 일에 발목을 붙들리고 만다. 끝까지 방심하지 마라. 순조로울수록 더 조심하라. 위산구인爲山九仞에 공휴일궤功虧一簣라고 했다. 아홉 길 산을 쌓는데 한 삼태기의 흙이 모자라 공이 무너지고 만다는 말이다. 애를 써놓고 마지막에 가서 그간의 보람을 제 손으로 허무는 사람이 있다. 마지막 1분에 일의 성패가 판가름난다.

궁지

몸둘 바 모를 곳에 남을 처하게 하지 말라.

勿置人於無所容身之地.

쥐도 막판에 몰리면 고양이를 문다고 했다. 설사 그가 잘못을 했다 하더라도 사람을 너무 궁지에 몰아넣어서는 안 된다. 처음 그는 저 자신의 잘못을 뉘우치다가 다음 순간 그것은 원망으로 바뀌게 된다. 그도 스스로를 돌이킬 수 있는 여지를 마련해주어야 한다. 그렇지 않고 다그치기만 하면 앙심을 품어 도리어 해코지를 하려 든다.

사람됨의 바탕

성내는 것을 부끄럽게 여기고, 뉘우침을 근심하는 것이 사람됨의
바탕이다.

恥憤惕悔, 爲人之基.

화내지 않고 살 수야 없는 노릇이지만, 혹 화를 내지 않아도 될 장
면에서 화를 낸 것은 아니었나를 돌아보고, 세상 사는 일에 후회가
없을 수야 없겠으나 혹 지금 나의 행동에도 그러한 점은 없을까 근
심한다면 마땅히 허물이 적으리라. 까닭 없이 화를 내고, 행하고는
후회하는 삶을 되풀이하지 않으려면 이 두 가지를 마음에 새겨야
하리라. 자꾸 화를 내면 그 밑에 사람이 모이지 않고, 후회할 일을
되풀이하면 나중엔 돌이킬 수 없는 지경에 이르게 되리라.

이덕무 청언소품
한서 이불과 논어 병풍

초 판 1쇄 발행 2000년 3월 10일
초 판 4쇄 발행 2004년 3월 18일
개정판 1쇄 발행 2018년 5월 30일

지은이 정민
펴낸이 정중모
펴낸곳 도서출판 열림원

출판등록 1900년 5월 19일(제406 2000 000204호)   주소 경기도 파주시 회동길 152
전화 031-955-0700   팩스 031-955-0661~2
홈페이지 www.yolimwon.com   이메일 editor@yolimwon.com
페이스북 /yolimwon   트위터 @yolimwon
인스타그램 @yolimwon

책임편집 유성원 편집 이영은 전태영   홍보 마케팅 김경훈 김정호 김계향
제작 관리 윤준수 김다웅 오은지 허유정   디자인 강희철

ⓒ 정민 2000, 2018

ISBN 979-11-88047-40-6 03810